女性が顔を上げると、サムが息を飲む。
美しい女性だった。
前世、今世合わせて一番の美女だといっても過言ではない。
（――まるで炎のような人だ）
ウル

「今日から私も
あなたの師匠よ。
さ、庭に行きましょう」
リーゼ
「あんたが
ウルお姉様の後継者だなんて
認めないんだから」
エリカ

ギュンター
「サミュエル・シャイト君。
――君を僕の妻にしてあげよう」

静かに両手を広げ、小さな声で詠唱をした。

サムを包むように立ち上る、真紅の魔力。

その魔力は黒髪でさえ赤く染め上げていく。

「師匠の十八番だっ、食らっとけ！」

サム

飯田栄静
illust. 冬ゆき
いずれ最強に至る
転生魔法使い

Contents

Yjure saikyou ni itaru tensei mahou tsukai

プロローグ

prologue.

Izure saikyou ni itaru tensei mahou tsukai

頭の鈍痛《どんつう》とともに目を覚ました俺は、自分がいつの間に寝ていたのかと疑問を抱いた。

重いまぶたを擦ると、気怠さを覚えた。

もともと頭痛持ちだったが、ここまでの不快感は初めてだった。

(――っ、まるで誰かに頭を殴られたみたいだ)

薬が欲しいと思いながら、痛む頭に手を伸ばす。

(あれ?)

すると、頭部には布が巻かれていることに気づいた。

(これって包帯?　もしかして、俺……怪我《けが》しているのか?)

頭部に包帯が念入りに巻かれていた。

やはり怪我をしたのかと思ってしまう。

思い返せば、目覚める前の記憶が曖昧だ。

(えっと、俺はなにをしていたんだっけ?)

必死に記憶を手繰《たぐ》り寄せると、少しずつ思い出してきた。

仕事から帰宅して、真夜中だったので食事も取らずにウイスキーだけ飲んで、シャワーを浴びず、着替えもせずに、そのままベッドに飛び込んだ。

(それから……なにがあったんだ?)

まるで記憶にない。

プロローグ

そもそも俺はマンションで気楽なひとり暮らしなのだから、仮に怪我をしたとしても、手当てしてくれるような同居人はいない。

「――あれ？」

そこで俺は初めて、違和感を覚えた。

ぼやけた視界の中ではあるが、ぼんやりと目に映る物に心当たりがない。

「……そもそも、どこ、ここ？　誰の部屋？」

住み慣れたマンションの一室ではないことは間違いない。

どこか中世のヨーロッパのような雰囲気を持つ、クラシックな部屋だ。

部屋の広さも、自室の倍以上ある。

ベッドの寝心地なんて、比べ物にならないほどいい。

（……誘拐《ゆうかい》、じゃないよね。両親は平凡な人たちで金持ちじゃないし、俺だってブラック企業勤めで金なんてないし）

どれだけ悩んでも、誘拐されるような心当たりがなかった。

なによりも、ベッドに寝かされているだけで、拘束《こうそく》など一切されていない。

誘拐の線はこれで消えた。

ならば、自分の身に何が起きているのだ、と少し考えて、答えが出ないことに気づいた。

「あのー、誰かいませんか？」

俺は諦めて、声にしてみることにした。

（あれ？　声が高くないかな？　まるで声変わりする前の子供みたいだ）

記憶にある自分の声は、もっと低い。

こんな少女とも少年ともつかない声をしていなかった。

しばらくすると、声が届いたのか、部屋の外から小走りで近づいてくる音が聞こえる。

足音の主《ぬし》は部屋の前に来ると、勢いよく扉を開けた。

「サムぼっちゃま！」

「坊っちゃま！　お目覚めになられたのですね！」

部屋の中に飛び込むように入ってきたのは、銀縁《ぎんぶち》の眼鏡をかけたメイド姿の美人と、燕《えん》尾服《びふく》をきちんと着こなした執事風の初老の男性だった。

予想外の人物たちの登場に、俺は唖然《あぜん》としながらも、なんとか声を絞《しぼ》り出《だ》した。

「どちらさまですか？」

次の瞬間、どういうわけかふたりが絶望した表情をする。

メイド姿の女性に至っては、涙まで流している。

そんな光景を他人事《ひとごと》のように眺《なが》めながら、

（誰がぼっちゃまだよ）

俺はどうでもいいことを思うのだった。

第1章

異世界生活が始まりました

episode.01

Izure saikyou ni itaru tensei mahou tsukai

「信じられないけど、俺って異世界転生したんだなぁ……こういうのって漫画や小説の出来事だと思っていたよ」

地球で社会人をしていた青年は、異世界に住むサミュエルという少年に転生してしまったようだった。

メイドや執事はサムと愛称で呼んでいる。

サム少年は九歳で、今までの九年間の記憶も朧げな部分はありつつも、それなりにある。どちらかといえば、サムが地球人だった前世を思い出した、という感覚に近い。

(俺って死んだのか？　神様に会うとかのテンプレ的なイベントもなにもなかったんだけど)

転生してから何度となく考えるのは、『なぜ転生したのか？』ということだった。

無論、考えて答えが出るものではないのだが。

「だけど、まさか、腹違いの弟に木刀でこれでもかと殴打《おうだ》されて死にかけていたなんて……異世界って怖いな」

サムは、剣の訓練という名目で、ひとつ年下の腹違いの弟にしこたま木刀で殴打されたらしい。

当たりどころが悪く、またその弟とやらに悪意もあったようで、サムは意識不明となり生死の境《さかい》を彷徨《さまよ》ったのだという。

第１章

異世界生活が始まりました

おそらく、この一件がきっかけで前世の記憶に目覚めたのだと推測している。

少年の言動がいつものサムと少々違うのも、打撲の後遺症《こういしょう》ということで解決済みとされている。

(――俺が死んで転生してここにいるのは、サム少年が死んでしまったからなんだろうな)

おそらくサムという人格は、意識不明になったときに死んだのだ。

その結果、今の自分がいることを喜べばいいのか、嘆《なげ》けばいいのかわからなかった。

「……考えてもしょうがないか。それよりも、これから俺がどうするべきかを決めないといけないな」

サムはベッドの上であぐらをかき、腕を組む。

自分の記憶から、この世界はモンスターが跋扈《ばっこ》するファンタジー世界だということはわかっている。

魔法も存在するが、魔法を使えるのはほんの一握り。

魔法使いとして成功できる人間はさらに少なく、とても希少らしい。

「異世界に転生したんだから、異世界ライフを満喫《まんきつ》したいんだけど……俺に魔力があるのかどうかもわからないんだよなぁ。剣の才能は皆無だってもう知っているんだけど」

サムの家はラインバッハ男爵家《だんしゃくけ》という、田舎に小さな領地を持つ貴族だ。

これといって目立った特産品はなく、ぶっちゃけ貧しい。

数少ない自慢といえば、現当主にあたる父親が、剣一本で成り上がったことくらいだろう。

そのせいもあって、ラインバッハ家は、とにかく剣が使えなければ駄目だという家風だそうで、物心つく前からサムは剣を握らされていた。

しかし、不幸なことに、サムには剣の才能がまるでなかった。

剣を振れば手からすっぽ抜け、盾も満足に構えることができない。

剣だけではなく、武器武具の類いの才能が、壊滅的《かいめつてき》だということだ。

そういうわけで、サムは父親から無能として扱われている。

すでに剣の訓練さえする必要はないという放置具合だった。

「これで家庭環境も最悪だからやってられない。よく九歳までまともに育ったものだよ」

サムの家庭環境はお世辞《せじ》にもいいとは言えなかった。

実母は身体が弱かったらしく、すでに他界している。その後、愛人だった義母が正室となったのはいいのだが、とにかくサムのことが気に入らないようだ。

(そりゃ、前妻の子がかわいいわけがないだろうね)

剣の才能がなくてもサムは長男だ。

この世界の貴族事情に詳しいわけではないが、よほどのことがない限り、爵位《しゃくい》は長男が継ぐのが一般的だ。

第１章

異世界生活が始まりました

だが、義母は諦めなかった。

サムに剣の才能がないことを理由に、次期当主に相応《ふさわ》しくないと、父親に再三訴えたらしい。

そんな母親の影響を受けた弟マニオンもサムを明らかに見下し、傍若無人《ぼうじゃくぶじん》な振る舞いばかりをしている。

父親は以前からサムに不満があったようで、義母の奮闘の甲斐《かい》あってマニオンを実質後継者として扱うようになった。

以後、サムは放置となる。

そんなサムの面倒を見てくれているのが、執事のデリックと、メイド長のダフネだった。

目覚めたときに、すぐに顔を見せてくれたふたりだ。

母を失ったサムが孤独にならなかったのは、デリックとダフネのおかげだった。

「さて、こんな不遇すぎる境遇に転生してしまったのは置いておくとして、せっかくの異世界なんだから、俺は冒険がしたい」

男の子なら誰でも憧れる、剣と魔法のファンタジー世界にいるのだから、冒険しないという選択肢はありえなかった。

（お約束の領地改革や、日本の遊具を作って一儲《ひともう》け……は、ぶっちゃけやりたくない。この家を裕福《ゆうふく》にさせるなんてごめんだ）

異世界ならではの生き方はいくつかある。

だが、ラインバッハ家が潤《うるお》うようなことを少年はする気がなかった。

少しでも家の人間がサムによくしてくれていたのなら話は別だが、暴力を振るわれて死にかけた子供を使用人に預けて放置するような連中だ。

（ま、そもそも俺がなにかしようとしても意見を聞いてもらえるわけがないしね）

結局のところ、サムにやる気があったとしても、ラインバッハ家に改革のメスを入れることはできないのだ。

要するに、サムにはこの家から出て冒険をする以外の選択肢がない。

好き好んで残りたい家ではないし、そもそもサムの記憶を持っていたとしても、愛着もなにもないのだ。

ならば、異世界を堪能《たんのう》すべく冒険に挑んだほうがよほどいい。

「だけど、俺には剣の才能がまるでない」

自分でもちょっと試してみたが、悲しいくらいに剣の才能がなかった。

ちゃんと握っていたはずの木刀が手からすっぽ抜けた瞬間、呆《あき》れを通り越して感動さえしてしまったほどだ。

「俺に残された手は――魔法だ！」

せっかく魔法が存在する世界なのだから、それを使わないのはもったいない。

第1章
異世界生活が始まりました

（ただし、俺に魔力があるのかどうか、魔法の才能があるのかどうかがわからないんだよなぁ）

これで魔法の才能までなかったら、泣くしかない。

その場合は最悪、商人にでもなって、異世界で再現できる地球の物を作りまくって荒稼ぎしよう、と思う。

「魔法の教科書みたいなのがあればいいんだけど、ダフネに聞いてみようかな」

思い立ったが吉日だ。

サムはさっそく部屋を出て、世話をしてくれるメイド長を捜す

すると、彼女は庭で洗濯物を干していた。

「あ、いたいた。おーい、ダフネ」

「あら、サムぼっちゃま。いかがなさいましたか？」

ダフネは、髪をアップにまとめて銀縁眼鏡《ぎんぶちめがね》をかけた二十代半ばの美人だ。

切れ長の瞳が、少々厳しいような印象を与えるが、記憶にある彼女は心優しい、穏やかな女性だ。

クラシックなメイド服が実によく似合っている。

彼女に「ぼっちゃま」と呼ばれるのはくすぐったい。

しかし、彼女なりの愛情表現だと知っているので、やめてほしいと言えるはずもない。

ちなみに腹違いの弟は「マニオン様」と淡々《たんたん》と呼ばれている。

手のつけられないわがままな悪童は、メイドたちからも嫌われているようだ。

亡き母が同僚だったということも、ダフネがサムをかわいがってくれている理由のひとつだとわかっている。

そういう意味では、義母ヨランダもラインバッハ家で働くメイドだったのだが、もともと横柄《おうへい》だった性格が父の愛人になってから拍車が掛かったそうで、親子そろってメイドたちから嫌われている。

「あのさ、魔法に関する本ってないかな？」

「魔法の本ですか？　確か、旦那様のお部屋に数冊あったような気がしますが……読書ですか？」

「ううん。俺には剣の才能がないから、魔法なら使えるかなって……どうしたの、ダフネ!?」

急に涙を流しだしたダフネに、サムは慌てた。

今の会話のどこに泣く要素があったのか、疑問でならない。

「ちょっと、ダフネ、泣かないでよ」

「うぅ……すみません。サムぼっちゃまがそんなにも思い詰めていたとは……おいたわしいです」

（――ああ、そういうことか）

どうやら幼いながらに剣の才能がないからと、魔法に期待するサムを哀れに思ったらしい。

母のように姉のようにかわいがってくれるダフネだからこそ、サムをかわいそうに思ったのだろう。

「その、泣かないでダフネ」

「すみません。本来なら、泣きたいのはぼっちゃまですのに」

「あ、うん、それはいいんだけど、それで、魔法の本はある？」

「……わかりました。旦那様には内緒で、魔法の本を何冊か持ってきますね」

「ありがとう！」

「うぅ……旦那様も、なぜサムぼっちゃまではなく、あんな悪ガキをかわいがるのか……」

小さな声でなにかを言っているようだったが、サムは魔法の本が手に入る喜びから聞いていなかった。

（これで魔法に挑戦できる！　あとは……俺の才能次第だ！）

剣の才能が壊滅的なのだから、少しくらい魔法の才能がありますように、と祈るのだった。

翌日の朝食の席で、ダフネが魔法の本を手渡してくれた。

ちなみに、サムは食事をダフネとデリックと一緒に取っている。

剣の才能がない無能な子は、父たちと食卓を囲む資格がないらしい。

（ま、俺はそのほうがせいせいするけど……ダフネとデリックがかわいそうだと瞳を潤ませて俺を見てくるのが辛い）

執事のデリックは、魔法の本を渡され喜ぶ俺を見て、ダフネと同じように幼い少年の境遇を嘆き、泣いた。

それにつられてまたダフネも泣いてしまい、ふたりを泣き止ませようとサムが奮闘すると、「健気な子」に映るらしく、さらに涙を流すというおかしな循環ができ上がってしまった。

――魔法の才能がなくても自棄《やけ》にならないでくださいね。

万が一を考えたのか、ダフネとデリックは、サムにそんなことを言った。

おそらく魔法に希望を抱く少年が、魔法の才能がなかったら、どんなにショックを受けるのだろうかと案じてくれたのだろう。

サムとしては、魔法が使えなかったら、また別の手段を考えるだけなので、「そんな大袈裟《おおげさ》な」と苦笑する程度だ。

第１章

異世界生活が始まりました

人間には向き不向きがある。剣の才能がない俺に、もし魔法の才能がなかったとしても、探していればなにか自分に合うものが見つかるはずだ。

（せっかく異世界に転生したんだから、前を見て進もう）

極度に楽観的になっているわけではないが、サムは前向きに物事を考えるようにしている。

自室に戻ると、魔法の本を開き読んでいく。

幸いなことに、自分の記憶のおかげで文字は読めるので苦はない。

むしろ、知らない知識を得ていくことへの喜びが大きかった。

（――まず、俺に魔法使いとしての適性があるかどうかが重要になってくるな。いくら魔法使いになりたくても、肝心な魔力がなければ魔法は使えない）

魔法を使いたい、その一心で本を読《よ》み耽《ふけ》った。

気づけば、あっという間に数時間が経過していた。

「……ふう。結局、魔法を使うには体内に魔力が存在していないと駄目なんだね」

魔法の本の内容は興味深いものだった。

魔法使いにも一介の冒険者から国に仕える魔法使いまで能力の優劣はあったが、それでも魔法使いは、魔力を持つ人間の中でも一握りしかいない稀有《けう》な存在であることがわかった。

「ちょっと不安になってきたぞ……魔力を持つ人がそもそも少ない世界で、都合よく俺に魔力があるかなぁ？」

もし魔力があったとしたら、早くに父が気付きサムの才能を伸ばしていたのではないか、との疑問も浮かぶ。

が、すぐに首を横に振った。

サムの父カリウスはそういう人間ではない。

彼の中で、息子であるかそうでないかは剣が使えるかそうでないかで決まるのだ。

仮にサムに魔力があり、魔法使いとして一角《ひとかど》の才能を持っている人間だったとしても、彼は興味を示さないだろう。

父になにも期待していない。

今の自分になる前のサムも同じだった。

サムにとって大切な家族は、ダフネとデリックだけだった。

「考えていてもしょうがないか。この本の通りなら、簡単な詠唱を唱えれば、魔力があるかないかわかるんだったね」

単純な方法だが、魔力があれば初歩的な魔法なら発動するため、それをもって魔力の有無を判断するらしい。

魔法協会という組織なら、魔力測定ができる魔道具があるらしいのだが、そんな気の利

第１章

異世界生活が始まりました

いたものはど田舎の小さな貴族の家にあるわけがない。

「えっと、なになに……一度や二度で結果が出なくても、根気強く続けましょう？　根気強くって、何回チャレンジすればいいんだろう？」

初歩的な魔法でも簡単に成功するわけではないらしい。

一度で結果が出ないからといって魔力がないと決まるわけではなく、何度か試す必要があると本には書かれている。

しかし、何度挑戦すればいいのかは、その人次第であるらしく、何回試せば結論がでるかは曖昧《あいまい》のようだった。

「悩んでいてもしかたがないし、試してみようかな」

緊張してきた。

魔力の有無で、異世界生活のこれからが決まると言っても過言ではない。

魔法使いになることができるのか、それとも才能がなく別のなにかを目指すのか、次の結果次第だ。

（やばい、緊張してお腹が痛くなってきた）

本を持つ手が震えてくる。

「ビビるなっ、やるぞ！」

不安をかき消すように、自らを叱咤《しった》すると、サムは人差し指を立てた。

大きく深呼吸を繰り返し、魔法よ出ろと願う。

そして、唱えた。

【――火よ灯《とも》れ】

紡《つむ》がれたのは、初歩中の初歩である火属性魔法の呪文だった。

成功してもせいぜい指先に小さな火が灯るくらいでしかない。

が、

――轟《ごう》っ！

音を立てて、指から火柱が立ち上ったのだった。

「え？　ちょ、うそ？　まって、待って！　消えろ消えろ消えろ！」

サムが慌てる一瞬の間に、火柱が天井を焦《こ》がしてしまった。

「消えてくれ！」

腕を振り、叫ぶと、なんとか炎が消える。

「な、なにこれ、火がちょっと灯るだけじゃないの？」

まさか指から火柱が立ち上るとは想像しておらず、心臓がバクバクと跳ねている。

天井を見上げると、真っ黒に煤けているものの、燃えてはいない。

火事にならなくてよかったと胸を撫で下ろす。

「……これ、ダフネになんて言おう」

一日に何度も部屋を出入りするダフネに、この惨状《さんじょう》は隠し通せない。

正直に打ち明ければ、魔法が使えたことを知られてしまう。

「家の人間に知られると面倒なことになりそうなんだよなぁ……でも、ダフネなら、言わないでって頼めば黙っていてくれるかな？」

生真面目で厳しい雰囲気のある眼鏡の知的美人であるダフネは意外と甘いところがある。

あと、自分のことをかわいがってくれているという自覚もあった。

もしかすると、魔法が使えることを黙っていてくれるかもしれないと楽観的になる。

「だけど、ひとりで魔法を試してみたことは怒られるんだろうなぁ」

拳骨《げんこつ》のひとつくらいは覚悟することにした。

「ダフネに怒られるのは後にして、今は魔法だ。火を灯すだけの魔法で火柱が立ったっていうことはそれなりに魔力があるんじゃないかな？」

制御がうまくできていないという可能性もある。

サムもまさかたった一度で魔法を使うことができるとは思っていなかった。

それだけに期待もしてしまっている。

とりあえず魔力はある。

魔法の発動も成功した。

あとは、魔法を学び、どれだけ使えるようになっていくか、だ。

第１章

異世界生活が始まりました

初歩の魔法を使える人間は、魔力を持っているだけの者であればそれなりにいる。

そこから、各属性の攻撃魔法や、回復魔法、補助魔法、防御魔法と得意なものを見つけていくことが大切だ。

期待が湧《わ》いた反面、不安もある。

魔力があっても、魔法を使う資質がない人間もいるという。

せっかく魔力があることがわかったのに、いろいろ試してみて魔法がうまく使えませんでした、などというパターンもないわけではないらしい。

「ぼっちゃま！　焦げ臭いけどどうかしましたか!?」

「――あ」

思考に耽っていると、天井の焦げた匂いを嗅《か》ぎとったダフネが慌てて部屋の中に飛び込んできた。

（やべ）

彼女は魔導書がちらかるベッドの上に視線を向けると、続いて顔を上げ天井に視線をずらした。

「……サムぼっちゃま」

「……はい」

「ご説明を」

「……はい」

サムは起きたことを素直に打ち明けることにした。

魔法を試してみたこと。

成功したが、火を灯すはずが失敗して火柱が立ってしまったこと。

説明を終えて、ダフネをそっと窺うと、彼女は顎《あご》に手を当ててなにかを考えるようにしていた。

「あの、ダフネ?」

「ぼっちゃま、お尋ねしますがちゃんと答えてください」

「う、うん」

「お使いになった魔法は初歩の火を灯す魔法ですね?」

「そうだけど、それがどうしたの?」

「いえ、私の推測でしかありませんが、よほどのことがない限り呪文を唱えただけで魔法が暴走することはありません」

「え、でも」

「例えば、尋常《じんじょう》でない魔力を注ぎ込んだ、という記憶はありませんか?」

「ううん。ただ火よ灯れって唱えただけだけど」

「……そうですか。もしかしたら、ぼっちゃまの魔力は」

第1章
異世界生活が始まりました

なにかぶつぶつ呟《つぶや》き始めたダフネだが、サムは困惑するばかりだ。

なにか問題があったのか、と不安になる。

それよりも怖いのが、父親に報告されてしまうことだ。

「あ、あのさ、ダフネ」

「はい。なんでしょうか？」

「父上に魔法のことを言わないでほしいんだ」

「ぼっちゃま？」

「お願いだよ。俺が魔法を使えることは黙っていて！」

「……いいのですか？　もしかしたら、ぼっちゃまの扱いが変わるかもしれませんのに」

ダフネの言うことはわかる。

魔力を持つ人間は希少だ。魔力を持っているだけで価値がある。

それが貴族なら、なおのことだ。

結婚相手を探す材料にもなる。

一族に魔力持ちを欲する貴族は多いのだ。

「うん。それでも、黙っていて、お願いだよ」

「……わかりました。ぼっちゃまが望まないのであれば、旦那様にはお伝えしません」

「ありがとう、ダフネ！」

「ですが！」

ダフネは声を荒らげて、サムを見つめた。

その視線にはどこか厳しさを感じ、背筋が伸びる。

「もう危険なことはしないでください」

「ご、ごめん」

「今後、魔法を試すなとは言いませんが、火事になったら困るので火に関するものは禁止です」

「うん。わかった」

「家の中で魔法を使っていたら誰かに気づかれる可能性があるので、どこか隠れてするのがいいでしょう」

「そうだね。そうするよ」

「最後に、あまり私を心配させないでくださいね」

ダフネはそう言うと、サムの身体を優しく抱きしめた。

(あ、そっか、ダフネは俺のことを)

忘れていたが、この身は九歳児だ。

無茶をすれば心配させてしまうのが当たり前だった。

「ごめん、ダフネ。もう危ないことはしないから」

「約束ですよ、サムぼっちゃま」

「うん」

「ならば結構です」

ダフネがサムからゆっくり離れる。

彼女の優しさと温もりが遠ざかったことに、少しだけ名残惜《なごりお》しさを覚えてしまった。

「私だけだと隠し通せるかわかりませんので、デリックには話をさせてください」

「うん。デリックならいいよ」

あの優しい老執事ならサムの秘密を吹聴しないだろう。

ダフネもそう思ったからこそ、デリックにサムの魔法を明かそうとするのだ。

「ではそうしますね。さあ、私はこれから天井を掃除しますので、サムぼっちゃまは私の部屋で静かにしていてください」

「あ、そうだね、ごめんね」

「いいんですよメイドの仕事ですから。――サムぼっちゃま」

言われた通りにしようと、魔導書を抱えて部屋から出て行こうとしたサムをダフネが呼び止めた。

「うん？」

振り返った俺の目には、優しく微笑《ほほえ》んだダフネがいた。

「魔法が使えたこと、おめでとうございます。ダフネは心から嬉しく思います」

「ありがとう」

心からの祝いの言葉に、サムも自然と笑顔になったのだった。


翌日、ラインバッハ家の人間の目を盗んで、家から抜け出したサムは、町を迂回《うかい》して森の中にいた。

「さて、試してみるか」

ダフネとの約束で火に関する魔法は使わないと決めたサムが選んで試そうとしているのが、――身体強化魔法だ。

まだ子供であるサムの肉体はちょっとした動きで息が切れ、疲れてしまう。

そこをカバーしたいと思っての選択だった。

(身体を強化することができれば、弟に意識がなくなるまで殴られることもなくなるだろうし)

すでに魔導書を読んで呪文は覚えている。

一度、魔法を発動させたおかげか、体内に魔力を感じることもできるようになっていた。

深く深呼吸をして、身体強化魔法の呪文を唱える。

「すーはー……――身体に満ちる魔力よ、我に力を与えたまえ」

第1章

異世界生活が始まりました

身体強化魔法とは、体内に宿る魔力——体内魔力を使って身体能力を向上させるものだ。

その魔法の初歩である、シンプルに身体能力を上げる呪文を唱えてみた。

すると、

「お、おお？　おおおおお!?」

効果はすぐに現れた。

重たかった九歳児の身体は羽が生えたように軽くなった。

これまで未成熟な身体は動きづらかったのだが、腕や足が思うがままに動いてくれる。

「——よしっ！　たぁあああああっ！」

そのまま地面を蹴ると、大きく跳躍《ちょうやく》できた。

周りに生える木々よりも高く、サムが暮らす町を一望できるほどの高さまで跳ぶことに成功した。

「うわっ、高っ！」

驚きと同時に、感動が襲《おそ》ってくる。

身体強化魔法に成功した喜びを噛みしめながら、視界に広がる異世界を短時間だが堪能する。

そして、短い浮遊時間を味わったサムは、問題なく着地した。

「——すごっ。まさかこんなにジャンプできるなんて！」

サムは胸が高鳴るほど興奮していた。

暴走させてしまった昨日の火柱と違い、身体強化魔法は自らの意思でちゃんと行い成功させたのだ。

喜びの大きさが違う。

また、自分が住んでいる町を一望できたのもよかった。

改めて、異世界に転生したのだという実感と、魔法を使えるようになった自分のこれからに思いを馳《は》せることができた。

「俺、魔法使いとしてやっていけるんじゃないかな？」

才能皆無の剣を持って戦うよりも、強化された身体を武器にして殴る蹴るをしたほうがよほど効率的だと思えた。

「よし。もう一度試してみるか！」

サムは拳を構え、腰を低く落とす。

近くにそびえ立つ大木に向かい、

「――はぁあああ！」

気合を込めて、一打。

――轟音。

「えぇ……嘘ぉ」

唖然《あぜん》としてしまった。

サムが振るった拳は、易々《やすやす》と大木をへし折って倒してしまったのだ。

拳はまるで痛みを感じない。

普通、本気でなにかを殴れば、その反動で大なり小なり拳が痛むものなのに、だ。

「これが身体強化魔法の効果か……すごいな」

調子に乗ってもう一本の大木に向かって拳を振るう。

先ほどと同様に、実に容易《たやす》くへし折ることができた。

しかも、まだ余裕がある。

「俺にどれくらいの魔法の才能があるのかわからなかったけど、これくらいできるなら戦うのに問題はないんじゃないかな？」

単純な力だけなら十分だと思えるほどあった。

この力がモンスターに通用するかどうかまでは不明だが、これほどあまりある力がまったく通用しないとは考えにくい。

世の中には、魔法を使えない人間のほうが多く、それでいて冒険者も多いのだから、少なくとも力だけなら問題ないと思える。

「これで冒険者になれるかもしれない！」

魔法が使えたことで、期待が高まった。

サムも、いきなり何もかも順調に進んでいくとは思っていない。

まずは、一歩を踏み出せた。それだけでよかった。

この一歩を大事にして、いつか冒険者になる日まで自分を鍛《きた》えていこう。

「……問題は、あの家にいつまでいるかってことだな」

昂《たかぶ》っていた気分が一気に冷めていく。

転生前は大人だったサムがうんざりしてしまうほど、あの家の環境は最悪だ。

父親は剣の使えない息子に興味がない。

義母は、いい歳をして九歳児に嫌味を言いに部屋までやってくるし、生死を彷徨《さまよ》った子供に死ねばよかったと面と向かって言い放つほど大人気《おとなげ》ない。

腹違いの弟は、兄を木刀で殴打して意識不明にするようなモンスターだ。

今日なんて、出会い頭に挨拶《あいさつ》とばかりに頬を殴られた。

理不尽を平然と笑顔で行うことのできる弟の将来が心配だ。

毒親に育てられた子供のごとく、手のつけられない問題児になる予感しかしない。

いや、すでに問題児に育っているので手遅れかもしれない。

「ま、別にあの人たちがどうなろうと俺には関係ないんだけどさ」

サムには、ラインバッハ家の人間に対する肉親の情が存在していない。

転生したから他人に思えてしまうのか、それとも転生前から不遇な扱いを受け続けていたせいなのか、サム自身もわからない。

サムが情を抱くのは、メイドのダフネと執事のデリックたち使用人だけだ。

彼女たちがいなければ、サムは孤独に苦しんでいただろう。

それを思うと感謝しかない。

せいぜいラインバッハ家の人間がダフネたちに迷惑をかけないことを祈るばかりだ。

その後、身体強化魔法の訓練を続けていると、あっという間に日が傾きかけていた。

「そろそろ帰らないとダフネに怒られちゃうな」

まるで姉のように優しく親身に接してくれるダフネに心配をかけたくなかった。

未だ「ぼっちゃま」と呼ばれるのはくすぐったくあるが、弟のように「マニオン様」と淡々と対応されるのも嫌だ。

自分と弟では、あからさまにダフネをはじめ使用人たちの態度が違うのだが、当のマニオンはなんとも思っていないようだ。

傲慢《ごうまん》な弟は使用人がどう思うかなど考えたこともない。

それゆえにわがままで暴力的なため、さらに使用人たちから嫌われるという悪循環だ。

これは弟本人が気付くまで続くだろう。

使用人たちに同情しながら、身支度《みじたく》を整えたサムが、

「さ、帰ろっと」

踵《きびす》を返したそのとき、

「ぐるぅうううううううううううう」

「へ？」

木々の間から、唸《うな》り声《ごえ》が聞こえた。

反射的に振り返ると、大木の背後から前世でも目にしたことのない巨大な熊が姿を現した。

「うわぁあああああああああああ！」

モンスターと遭遇してしまったのだとわかったときには、自然と口から悲鳴が飛び出していた。

無理もない。

いくら身体強化魔法が使えるようになったとはいえ、初めてのモンスターだ。

冷静でいられるわけがない。

「ぐるぁあああああああああああっ！」

大熊は、鋭い鉤爪《かぎづめ》の備わった太い両腕を威嚇《いかく》するように持ち上げた。

それでなくても巨体の熊が、さらに大きく見えてしまう。

「うわぁああっ、うわぁあああっ、うわぁぁあああああああああ！」

サムは尻餅《しりもち》をついて絶叫を繰り返す。

第１章

異世界生活が始まりました

「落ち着け、落ち着け、落ち着けえええええ！」

危険だと承知でサムは熊に背を向けて、逃げ出した。

その間に、自らを落ち着かせようと必死になる。

戦うんだ。

戦わなければならない。

ここで逃げてどうする。

冒険者になるのではないのか。

「――逃げるな、サム！」

自分自身に吠《ほ》え、サムは足を止めた。

背後からは唸りを上げて大熊が追いかけてきている。

恐怖はある。恐ろしくてたまらない。

だが、それ以上に、なにもできなくて逃げているだけの自分が情けなくてたまらなかった。

「逃げてどうするんだ⁉　あの家に泣いて戻るのか⁉」

そんな選択肢はあり得ない。

なんのために、魔法の練習をしたのだ。

あの家から出ていくためだ、この異世界を冒険するためだ。

こんなところでつまずくためではない。

「あんな家で、弟にいじめられながら！　大人たちに蔑《さげす》まれながら生きるのか！　違うだろ！」

サムは恐怖を抱えたまま振り返った。

目の前には、今にもサムを襲わんとする巨体がいる。

落ち着け、落ち着け、落ち着け。

身体は強化されたままだ。

大木をへし折れるほどの力が、今の自分には備わっている。

こんな熊一匹に怯える必要なんてない。

「気合を入れろ、サミュエル！」

ありったけの力を込めて拳を握りしめた。

腰を落として、構えをとる。

あとは気合と根性だ。

「かかってこいよ！」

「ぐぉおおおおおおおおおおおおおおおっ！」

モンスターが吠えて腕を薙《な》いだ。

唸りをあげて迫りくる巨腕を掻《か》い潜《くぐ》り、熊の懐《ふところ》に飛び込んだ。

第１章

異世界生活が始まりました

「うわぁあああああああああああああっ！」

そして、全身全霊の力と魔力を込めて、サムは腕を振るった。

――ずさっ！

「――へ？」

決着は一瞬だった。

サムは目の前の光景に、ただただ唖然とするだけ。

サムは全力で熊の巨体を殴り飛ばすつもりだった。

しかし、サムの腕からなにか特殊な力のようなものが出て、気づけば熊の巨体は動きを止めてたのだ。

「な、なにが起きたんだ？」

その疑問への返事はもちろんない。

まさか魔法？　でも魔力を使った感覚はないし、本にもこんな魔法は載ってなかったはず……。

サムが間抜けな顔をしている間に、熊の巨体が腹から横にずれ、大量の血液と臓物《ぞうもつ》を撒《ま》き散《ち》らして地面に倒れ伏す。

「……勝った、んだよな？」

真っ赤に染まった地面を眺めながら、サムは茫然《ぼうぜん》と呟《つぶや》いた。

視線の先で、ふたつに別れて倒れる熊はぴくりとも動かない。

「――勝ったんだ、俺は、勝ったんだ！」

地面に散らかる臓物を見て、勝利を確信した。

「やった、やったんだ。俺はモンスターに勝ったんだ」

サムは、まるで自分に言い聞かせるように何度も繰り返す。

震える手をぎゅっと握りしめて、力を込めた。

この九歳児の小さな手で、大人を優に超える巨体を持つ、熊のモンスターをたった一撃で倒すことができたのだ。

「――やれる」

サムは、震える声で歓喜した。

「この力があれば、あの家から出ることができる！　俺は、今、世界を冒険できる！　俺は――自由に生きることができるんだ！」

転生してから、わずか数日。

サムは、新しい一歩を踏み出すことに成功したのだった。

×　×　×

第1章
異世界生活が始まりました

――一年後。

ラインバッハ男爵領の小さな町に、ひとりの少年がいた。

彼の名は、サミュエル・ラインバッハ。

ラインバッハ男爵家の長男だ。

しかし、彼は家族から『無能者』として不遇な扱いを受けている。

とてもじゃないが貴族の家の長男としての扱いを受けておらず、そのことはラインバッハ男爵領に住まう領民ならば誰でも知っていた。

しかし、領民でサムを馬鹿にするものは少ない。むしろ、サムは領民たちから慕《した》われていた。

その理由は――十歳という幼い少年が、左右の腕で引きずっているワイルドベア二体だ。

サムは、小柄な身体の倍以上もある、モンスターをたったひとりで運んでいる最中だった。

ワイルドベアは、男爵領にある森に生息し、人を襲うことはもちろん、ときには町の中にまで入り込んでくることもある、危険なモンスターだった。

毎年、何人もの冒険者や領民がその犠牲《ぎせい》になり、危険指定されているモンスターでもあった。

そんなワイルドベアを十歳の少年が引きずっている光景は異様だった。

しかも、そのワイルドベアには頭部が存在していない。

まるで鋭利な刃に切り落とされたようだった。

領民たちはそんなサムを目にすると、驚くことなく、むしろ笑顔を浮かべた。

「サム様！　今日もお疲れ様でした！」

「お怪我はありませんか？」

「さすがサム様じゃや。今日もワイルドベアを退治してくださった。ありがたいことじゃ」

「サム様かっこいいー！」

道ゆく人たちが、サムに声をかけ、手を振る。

サムも笑顔で返事をしていく。

そして、彼は『冒険者ギルド』の建物の前で足を止めた。

「すみませーん。今日の分の査定をお願いしまーす！」

「はーい！　あ、サムくん、今日も凄いわね」

建物から出てきたのは、二十代半ばの女性だった。

彼女の名は、メリア。亜麻色《あまいろ》の髪をポニーテールにした愛嬌《あいきょう》のある美人だ。

冒険者ギルドの制服に身を包んだ彼女は、サムの担当受付でもあった。

「えっと、ワイルドベア二体でいいの？」

「あ、森にあと三体いますから、いつも通り誰かに取りに行ってもらえると助かります」

「任せて。すぐに暇な人たちを行かせるから」

ウインクするメリアに、サムは頭を下げる。

「いつもありがとうございます」

「なに言ってるのよ。お礼はこっちが言わないといけないわ。ワイルドベアはD級冒険者か、E級冒険者のチームが死にもの狂いじゃないと倒せないのよ？　だから、なかなか討《とう》伐《ばつ》依《い》頼《らい》を受けてくれる人がいないのに、サムくんは毎日ひとりで数体も倒してくれるから、町も安全よ」

「好きでやっていることですから」

「もう、そんなこと言って。サムくんが、メイドさんを連れて冒険者登録に来たときは正直驚いたし、反対もしたけど、君の熱意に負けてよかったって今は思っているの」

「あはははは、あのときはご迷惑をおかけしました」

サムは、約一年前のことを思い出す。

身体強化魔法を取得し、ワイルドベアを倒した一件は包み隠さずダフネとデリックに報告した。

ふたりは驚き、そして大いに怒った。

そんな危ないことをしてはいけません、なぜ逃げなかったのですか、と魔法の練習していたことはさておき、モンスターと遭遇《そうぐう》して逃げなかったことを責められもした。

ひとしきり、サムに説教したふたりは、少年を力強く抱きしめて涙を流し、無事を喜んでもくれた。

同時に、九歳ながらに大人の冒険者に匹敵《ひってき》する実力を持っていることを喜んでくれたのだ。

その後、三人で話し合った結果、サムは冒険者になりたいと言った。

無論、ふたりは反対する。

いつか冒険者になることには反対しないが、せめて成人してからでも遅くないのではないか、と。

特に、サムの身を案じるダフネは大いに反対した。

何度も話し合った結果、サムは自分の実力をふたりに見せると約束し、ふたりの目の前でワイルドベアを瞬殺して見せた。

結果、渋々《しぶしぶ》ではあるが、サムが冒険者になることを認めてくれたのだった。

それでも、ダフネは、依頼を受けにいくサムを過保護なまでに心配している。

それがサムにはくすぐったく、でも嬉しかった。

ダフネの提案で、サムの今後を考えて冒険者ギルドに登録することにした。

倒したばかりのワイルドベアの死骸を持って冒険者ギルドを訪ねる少年とメイドはさぞ

異質だっただろう。

そんなふたりにメリアは胡散臭げな目を向けていたし、当初は子供のサムが単身ワイルドベアを倒したことを彼女に信じてもらうのは大変だった。

「あのときは、サムくんが強いってわからなかったからね。でも、今じゃ、サムくんのおかげでこの町は平和よ」

「お役に立てているならよかったです」

「……でも、ごめんね。本部に報告しても、十歳の男の子がワイルドベアをひとりで倒すなんて、それも複数体なんて信じてもらえないの。だからランクを上げてあげられないの」

心底すまなそうに眉尻を下げるメリア。

実力があるにもかかわらず、子供だからといって正当な評価をされないサムのことがもどかしくてならないのだろう。

専属で担当してくれているからこそ、責任感もあるようだ。

「気にしていませんよ。俺は、依頼を受けることができるだけでいいんですから」

「でもね、ちゃんと評価されさえすれば、王都から声がかかることだってあるのよ。そのほうがサムくんだって、いいでしょう？」

彼女が気にしてくれている理由を察した。

ラインバッハ男爵領で生活をするメリアも、もちろんサムの家での扱いを知っている。

メリアは、サムのためにも冒険者ギルドで正当な評価をされてほしいと願ってくれているのだ。

そうすれば、サムの家での対応が変わるかもしれない、もしくは大手を振って家から出ていくことだってできるかもしれない、と考えてくれているのだとわかった。

「ありがとうございます。でも、本当にいいんです」

「——そう。うん、サムくんがそう言うなら私もしつこく言わないわ。さ、今日も頑張って査定するからちょっと待っていてね！　あ、いつも通りでいいの？」

「お願いします。ワイルドベアの肉は、町のみなさんにわけてください。あ、でも」

「わかっているわ。孤児院とサムくんの分はいつも通りに別にしておくからね」

「ありがとうございます」

サムが請け負った今回の依頼は、ワイルドベアの討伐だ。

この依頼は、ラインバッハ領の森に生息しているワイルドベアが人を襲わないために出されている。

普通の熊と違い、ワイルドベアは繁殖能力《はんしょくのうりょく》も高く、放っておけば森は彼らで溢《あふ》れかえってしまうだろう。

それを防ぐための討伐依頼だ。

討伐の証明は、ワイルドベアの身体の一部を持って帰ってくればいいのだが、サムの場合は身体強化した膂力で最低でも二体は毎度引きずってくる。

当初サムは、自分で森と町を往復し、討伐したワイルドベアを冒険者ギルドに渡していた。

そうすることで、依頼達成報酬とは別に、ワイルドベアそのものを買い取ってもらえるのだ。

近い将来、家を出て行こうとしているサムにとって、よい資金源となっているのだ。

そして、サムは、ワイルドベアの肉を無償《むしょう》で町の人たちに分け与えている。

ワイルドベアの肉は絶品とまではいかないが、まあまあ美味しい。

滋養《じよう》もあり、内臓は薬にもなるし、骨は武器に、皮も服に加工できる。

ある意味、無駄のないモンスターだった。

ラインバッハ男爵領は小さく、村や町がいくつか属しているだけで、あとは深い森が広がっている。

狩猟も行われるが、ワイルドベアが生息しているため危険を伴《ともな》う。

なので、あまり住民たちが肉を口にする機会はない。

あっても、家畜として育てている鶏《にわとり》くらいのものだった。

そんな住民に、この一年間、サムはワイルドベアを振る舞い続けた。

当初は資金集めのために狩猟したうちの一、二頭程度を冒険者ギルドへ納品していたのだが、あまりにも住民たちに肉が好評だったので、今では討伐したワイルドベアをすべて渡すようにしている。

そのため、査定からは肉が除外されてしまっているが、それでもそこそこの収入となるのだ。

「みんな喜んでいるわよ。サムくんのおかげでおいしい肉が食べられるって」

「全員に行き渡らないのが申し訳ないんですけど」

「もうっ、子供がそんなこと気にしないの。私たちはお肉を無料でもらえるだけで嬉しいんだから！」

基本、ワイルドベアの肉は欲しい住民たちが集まりくじを引いて分配している。

一度肉を当てた家族は、一回休みにすることで、住民たちに平等に肉が行き渡るようにしていた。

教会が運営する孤児院と、討伐したサムだけには毎日肉が渡されているが、それは微々たるものだ。

メリアもワイルドベアの肉を家族と一緒に美味しく食べている。

サムのおかげで食卓が豊かになったし、子供も大人もお腹が満たされて喜んでいるのは周知の事実だった。

おかげでサムの評価は一年前とはまるで別物となった。

第１章

異世界生活が始まりました

かつては、剣の才能がないというだけでひどい扱いをされているかわいそうな男爵家の長男という評価だった。

それが今では、剣の才能こそないが魔法の才能を持ち、領民への思いやりに溢れる将来有望な少年、となっている。

いずれ出ていく予定の領地ではあるが、評判がよくなって悪い気はしない。

領民との仲も良くなり、気軽に挨拶を交わすほどになっている。

孤児院の子供たちからは「兄」のように慕われ、シスターたちからも感謝される日々は、サムに充実感を与えてくれていた。

身体強化魔法というひとつの魔法で、多くの人たちを笑顔にできたことが、サムにとって嬉しかったのだ。


「サム様が次の領主様になってくれればいいのになぁ」

その呟きは、領民のひとりの口からこぼれたものだった。

「そうだねぇ。サム様のようなお優しい方が領主様になってくだされば、私たちも困らないんだけどね」

周囲の領民たちが、同調するように頷く。

領民たちからのサムに対する反応はよかった。

以前は、気弱な子ではあったが、ときどき町に来ては領民の子供たちと遊んでいる領主の子供だった。

剣の才能がないだけで父親からひどい扱いを受けていることに、同情されてはいたが。

そんなサムがこの一年で大きく変わったことに領民たちは驚きながらも、好意的に受け止めていた。

彼のおかげで、モンスターの危険が少なくなり、肉が振る舞われるのだ。

好意的にならないわけがない。

サムは時間を見つけては、畑仕事を手伝い、困っている人を助け、孤児院の子供たちの世話をしてもいた。

そんなサムを見ていれば、自然と領民たちは次の領主に彼がなってくれることを願うようになる。

だが実際は、サムではなく、腹違いの弟マニオンが次の領主だと言われている。

「マニオン様は、剣は優れているようだが……サム様のように優しい方ではないからのう」

ひとりの老人が嘆息《たんそく》交じりに呟いた。

老人の声には、落胆も含まれていることに、周囲の人間はすぐにわかった。

「ありゃただの癇癪《かんしゃく》持ちの悪ガキさ。サム様とはできが違う」

「しっ。誰がどこで聞いているかわからないじゃないの」

「聞かれたって構いやしないさ。どうせ、男爵家の使用人だって、マニオン様よりサム様を慕っているんだ。俺たちと同じ気持ちさ」

「そりゃそうだろうけど、あまり大きな声で言うことでもないだろうに」

「俺の店は、あのガキが癇癪起こしたせいで窓を全部叩き割られたんだぞ！」

「それは領主様が弁償してくださったじゃないか」

「その後に、しっかりあの奥様の小言までもらったよ！」

ふんっ、と鼻を鳴らす男性の憤《いきどお》りを知っているだけに、みんなもそれ以上注意はしなかった。

彼の言う通り、たとえマニオンの悪口を誰かに聞かれても、わざわざ領主に報告をするような物好きはこの町にはいない。

それほどマニオンの評判は悪いのだ。

もともとマニオンは、母親に過剰に愛されて育てられていた。

次の領主であり、優れた剣の才能を持つ自らを選ばれた存在だと考え、驕《おご》っていた。

子供ゆえ、というかわいいものではない。

現に、マニオンの言動は、子供のわがままの範疇《はんちゅう》を超えていた。

使用人に対する横暴な態度から始まり、ときには暴力まで振るう。

癇癪持ちのため宥《なだ》めることもそうそうできない。

少しでも諫《いさ》めようとすれば、同じく癇癪持ちの母親が飛んでくるのでそれもできない。

当初は、傍若無人のマニオンに従う子供もいたが、それもこの一年でいなくなっている。

どんな悪ガキたちも、マニオンのわがままと悪態について行けず、今では敬遠さえしていた。

それは領民たちも同じだ。

マニオンが町に現れると、水を打ったように静かになる。

誰も彼も、彼の興味を引いた結果、何をされるかわからないと怯《おび》えているのだ。

マニオンの父がまともな人間であれば、まだよかった。

領民に平然と暴力を振るう息子を叱ってくれたかもしれない。

だが、カリウス・ラインバッハ男爵は、息子に剣の才能があるという、ただそれだけで満足し、マニオンの横暴な行為を黙認していた。

ある意味マニオンもサムと同じで、教育を放棄されているのに変わりはない。

その代わりとばかりに母親が過保護にしているので、マニオンの言動が改まることはなかった。

「ヨランダ奥様も、もとは同じ平民だったのになぁ。サム様のお母様のメラニー様と同じメイド上がりだっていうのに、どうしてああなんだろうな」

「ヨランダ様は、ほら、もとからわがままな方だったじゃないの。メラニー様はお優しい方だったけど」

「メラニー様が早くに亡くなったことが悔《く》やまれるな。ご存命であれば、サム様ももう少しまともな扱いをされていたかもしれないのに」

「そんなことはないよ。メラニー様もサム様と一緒にひどい扱いを受けただろうさ」

「そう考えると、サム様もマニオン様もお母上に良くも悪くも似たんだろうな」

サムの母メラニーは早くに亡くなっているが、彼女の評判は今でもよかった。

メイド上がりであることもあって、偉ぶることなく、領民の味方だった。

彼女が存命だったころは、ラインバッハ男爵も今よりはかなりマシだったと思われている。

メラニーが他界し、その後釜にもともとわがままで気性の激しかったヨランダが収まってしまったことで、彼女の傲慢さは増していく。

カリウスもヨランダの日頃の態度を知ってか知らずか、止めるようなことはしなかった。

そのせいで、今ではすっかり、サム以外のラインバッハ男爵家は領民の嫌われ者だ。

これで悪政を敷いていたら、とうに領民は逃げ出していただろう。

「なんにせよ、サム様が報われる日がくるとええのぉ」

そんな呟きに、領民たちはこぞって頷《うなず》くのだった。

×　×　×

「ダフネいるー？」

孤児院にワイルドベアの肉を届けたサムは、屋敷に戻って厨房《ちゅうぼう》に顔を出していた。

「ぼっちゃま？」

「あ、いたいた。はい、これ。今日のワイルドベアのお肉だよ」

「まぁ、ありがとうございます。私たち使用人はぼっちゃまのおかげで毎日お肉を食べることができるので、一同喜んでいます」

「喜んでくれるなら俺も嬉しいよ」

普段からよくしてくれる使用人たちへの恩返しだと思っている。

なにかと問題のあるラインバッハ家で働いてくれているのだ、肉を食べて精をつけてほしい。

「しかし、最初はどうなるかと思いましたが、ぼっちゃまも今では立派な冒険者になりましたね。このダフネ、大変嬉しく思いますし、誇らしいです」

「そうかな？」

「そうですとも！　失礼ながら、まだぼっちゃまは十歳という子供です。ですが、魔法を使い戦う実力は大人顔負けです！」

まるで自分のことのように喜んでくれるダフネに、サムの頬が緩む。

いつだって姉のように見守ってくれているダフネに褒められるのは嬉しかった。

「今夜も腕によりをかけて食事の支度をさせていただきますね」

「うん。ダフネのごはんは美味しいからいつも楽しみだよ」

ちなみに、ラインバッハ家の当主とその妻と息子は、ワイルドベアの肉を食べたことがない。

不出来な息子が得た肉など食べたくもないだろうというサムの気遣いと、それに同意した使用人たちによって、そもそも肉を手に入れていることすら伝えられていなかった。

サムとしても、日頃よくしてくれている使用人たちのために用意した肉であって、名ばかりの家族に食べさせるつもりは毛頭なかった。

ときどき、いい匂いがする、と弟マニオンが厨房に顔を出すことがあるらしいが、使用人たちの連携プレーで現在に至るまで見つかっていないらしい。

「じゃあ、よろしくね！」

「かしこまりました」

ダフネと他の使用人たちに手を振って、自室に戻ろうとすると、前方から執事のデリックが慌てた様子で小走りにこちらにやってきた。

「ここにおいででしたか坊っちゃま」

「デリック？　どうかしたの」

「旦那様が坊っちゃまをお呼びです」

つい「うえっ」と変な声が出そうになった。

「珍しいね、父上が俺を呼び出すなんて」

転生してから約一年が経ったが、父親が自分のことを呼び出したことはない。

廊下ですれ違っても、基本無視。

食事も使用人と一緒なので、顔を合わせることはないという徹底ぶりだ。

（そういえば、俺って父親の声さえ知らないんだよな）

わざわざ嫌味を言いに来る義母や、隙《すき》あらばいじめようとする弟はサムの前に顔を出すことがあるが、父親だけは本当に接点がない。

そんなサムを気遣ってか、デリックがいろいろと父の話をしてくれる。

基本、父親は執務室に籠《こ》もって仕事をしているか、剣の鍛錬をしているかなのだという。

サムだけを放置しているというわけではなく、妻ヨランダと息子マニオンも基本的に放任しているようだ。

そのおかげで、ヨランダは好き勝手にしていると、以前ダフネがぼやいていたのを覚えている。

ただ、マニオンには毎日剣の稽古《けいこ》をさせているようだ。

ときには打ち合いをし、マニオンを鍛えているらしい。

やはりカリウスにとって剣こそすべてなのだろう。

「その、坊っちゃま」

「うん？　って、どうしたの、デリック？　顔色が悪いよ？」

サムの指摘通り、デリックの顔色は真っ青だった。

彼は、なにか言おうとして、でも言うことができず、言葉を探しているようにも見えた。

しばらく待っていると、デリックは静かに口を開いた。

「サム坊っちゃまは、いずれ領地から出ていくことをお望みですが、私たち使用人はお残りいただきたいという気持ちがございます」

「あ、うん」

どうしたんだろうか、と首を傾げる。

デリックがこんなことを言うのは初めてだった。

「最近では、領民たちのサム坊っちゃまへの評判もとてもよく、もしかしたら、という淡い期待もございました」

「えっと、なんだか、あまりよくない呼び出しみたいだね」

「残念ですが、はい」

デリックはおそらくカリウスがサムを呼び出した用件をもう知っているのだろう。

そして、それはサムにとってあまりいいことではないらしい。

「うん、わかったよ。前もって、悪い知らせだってわかってよかったよ。ありがとう」

気を使わせてしまったデリックに、内心謝罪しながら、カリウスの執務室に向かう。

すると、背後から声をかけられた。

「サム坊っちゃま」

「うん？」

「我々使用人一同は、サム坊っちゃまの味方です」

デリックの言葉に、どれだけの意味があったのかわからない。

だが、彼はいつだってサムの味方でいてくれた。

カリウスよりも、よほど父のようだった。

そんなデリックが今にも泣きだしそうにしていることに胸が痛む。

サムは、平気だと言わんばかりに、笑ってみせた。

「――ありがとう」


「来たか」

「はい。お呼びとのことで、馳《は》せ参《さん》じました」

カリウス・ラインバッハは、まだ三十代後半という若さの男だった。

短く刈り込んだ茶色い髪と、清潔に整えられた髭、そして、不機嫌そうな厳《いか》つい顔が印象に残る。

サムは、大袈裟《おおげさ》なほど丁寧に一礼した。

父親がどんな人物か知らないが、剣の才能だけで子供の扱いを変えるような人間だ。

礼儀がなっていないと怒鳴られても時間の無駄だ。

幸い、礼儀作法はダフネとデリックから教わっているので、問題なかった。

「………………」

「どうかしましたか？」

「お前はそんなだったか？」

「どういう、意味でしょうか？　なにか不手際でも？」

「もっと気弱……いや、いい。どうでもいいことだ」

カリウスがなにを言いたかったのかわからないが、「いい」と言ったのでそれ以上尋ねることはしなかった。

サムとしても、カリウスと長々と会話をするつもりはない。

「お前に伝えておくことがある」

「はい」

「周りくどいことは言わぬ。私の後継者は、マニオンに正式に決まった」

「あ、はい。そうでしたか」

「それだけか？」

「はい。それだけですが。他に何か？」

（それだけかって、このおっさん、もしかして俺に悲しんでほしかったのか？　くっだらね）

もしかするとわざわざ呼び出したのも、サムが落ち込む姿を見たかっただけなのかもしれない。

そう考えると、実に趣味の悪いことだと思う。

（デリックが暗い顔をするわけだ。ま、俺としてはこんな家に未練はないんだけどさ）

世話になっている老執事には申し訳ないが、後継者になれなかったことをサムは喜んだ。もともとこの家に愛着などないし、当主を継ぎたいと思ったことだって一度もない。

むしろ、マニオンに決まってせいせいしている。

「一週間後、リーディル子爵家でパーティーがある。その場にぜひ後継者と一緒にと招待された。なので、私は正式にマニオンを後継者に選んだ」

「はぁ。そうですか」

「お前は長男だが、剣の才能がない。そんな人間をラインバッハの後継者にはできぬ」

「もちろんです」

「なに？」

「俺はラインバッハ家に相応《ふさわ》しくありません。それに比べ、マニオンなら、剣の才能に満ち溢れ、明晰《めいせき》な頭脳を持ち、使用人と領民からも慕われるような人格の持ち主です。ラインバッハの後継者に申し分ありません！」

間違っても、この家の後継者になどなりたくないので、これでもかというくらい弟をよいしょしておく。

すると、なぜかカリウスは戸惑《とまど》った顔をした。

（――なんで、あれ？　みたいな顔をするんだよ？）

「お前はそれでいいのか？」

「はい。もちろんです。剣の才能がまったくない俺など、マニオンの足元にも及びませんん！」

「……そうか。ところで、最近、冒険者の真似事をしていると聞いたが？」

「お恥ずかしい限りです。本当に冒険者の真似をしているだけです。薬草採取などで小遣い稼ぎをしています」

「なぜそんなことをする必要がある？」

「私にはなにも才能がありません。将来、マニオンの邪魔にならぬよう、成人後は冒険者として家を出ていくつもりです。その予行演習だと思っていただけると」

「……なるほどな」

(面倒だなこのおっさん。なんで親子の会話をしようとしてるの⁉　早く解放してよ！　そろそろボロが出そう！)

サムの返答になにやら考えるような仕草をするカリオンに、嫌な汗が流れる。

ワイルドベアを退治していることすら知らないくせに、なぜそうも質問してくるのか理解に苦しむ。

「ご用件はそれだけでしょうか？」

「あ、ああ」

「では、俺はこれで失礼致します」

これ以上、父親の相手をしたくないとばかりに、サムは話を切り上げる。

深々と頭を下げ、早々に執務室から出ていく。

幸い、サムを引き止める言葉はなかった。

(なんだったんだ、あのおっさん。もしかして、俺が将来を不安に思っていると笑いたかったのか？　なら残念だったな！　俺はこれからの異世界冒険に心がわくわくしてるんだよ！　あー、早く成人したい！)

成人までまだ五年。

第１章

異世界生活が始まりました

（あと五年もこの家で嫌な思いをしなきゃいけないと思うとゾッとするな。でも、今は耐えるときか。うん、我慢我慢！）

その時間はあまりにもサムにとって長すぎるのだった。


「おい、無能！」

父親の執務室から自室に向かって歩いていると、あまり聞きたくない声に呼び止められてしまった。

嘆息するサムの視界の先には、木刀を持ったブロンドの髪の少年――マニオンが、ニタニタした笑みを浮かべて待ち構えていた。

マニオンはサムを見つけて近づいてくると、いやらしい顔をして唇を吊り上げた。

「父上から話は聞いたようだな」

「あ、うん。後継者おめでとう。がんばってね」

「――は？」

「え？　だから、がんばってね」

せっかく応援してあげたのに、マニオンは唖然とした顔をした。

サムは理解できず、首を傾げると、感情が爆発したようにマニオンが叫ぶ。

「なんだっ、それは！」

「なにって、正式に後継者になったんだから、おめでとうって言ったんだけど」

「ふざけるな！」

「えー」

なぜか理不尽に怒鳴られてしまった。

今にも木刀を振り回しそうな弟を不思議そうに眺めていると、

(――あ)

彼の怒りの理由がようやくわかった。

(俺が悔しがるとか、泣いているとか思っていたのかな？　それを見て小馬鹿にするためにわざわざ来たんだろうけど……はあ、つまらない子だなぁ。もっと他にすることはないの？)

腹違いの弟の幼稚《ようち》な行動に呆《あき》れてしまう。

いや、むしろ、九歳の子供が、わざわざ兄が嘆く姿を見て馬鹿にしようと企んでいたことに驚きさえ覚える。

(陰湿《いんしつ》なのは間違いないけど、大人顔負けの嫌味な子だなぁ)

しかし、残念ながら時間の無駄だった。

もしかしたら、マニオンに仕えろと父親から命令が来るかもしれないが、そんな命令に素直に従うつもりはない。

成人したらさっさとこの家を出ていくだけだ。

「……なんだ、こいつ？　本当にあのサミュエルか？　ふんっ、まあいいさ、僕が次期当主だ。お前のような、メイド風情が産んだ下賤《げせん》な血を引く者ではなく、この僕が当主なんだ」

「そうだね」

「――っ、貴様！　なんだその態度は！　使用人と領民から少しチヤホヤされているからって、調子に乗るなよ！」

「あのさ、結局、なんの用なの？」

日課の魔法の訓練をしたいのに、マニオンのせいでそれもままならない。

サムは内心、イライラしていた。

しかし、マニオンはそんなサムが気に入らなかったようだ。

「――っ、貴様！　その舐《な》めた態度をやめろ！」

唾《つば》を飛ばして激昂《げっこう》する弟に、サムは何度目かわからないため息を吐く。

どうやら弟の感情は、瞬間湯沸かし器のようだ。

「俺がいつ君に舐めた態度を取ったっていうの？　変な言いがかりをつけるのはやめてもらえないかな。そろそろ行ってもいい？」

「くっ、なんだ、貴様は！　以前とはまるで別人じゃないか！」

「さあね。まあ、意地の悪い弟に木刀で殴打されて死にかけたら、そりゃ変化も起きるでしょう」

サムにとって、マニオンなどどうでもいい存在だ。

家族の情なんてあるはずもなく、向こうもそれは同じだろう。

強いて言うのなら、あの日、サミュエル少年の意識と今のサムが入れ替わったとき、まだ九歳だったサミュエル少年は死んだと思っている。

なので、マニオンはサムにとって、仇《かたき》であった。

そんな人間に愛想良くできないし、するつもりもない。

今までは突っかかってきても放置していたが、あまりにもしつこいようなら対応しなければならない。

別にマニオンの将来などどうでもいいが、このまま彼がわがままで傲慢に育ってしまうと、将来的に使用人のみんなや領民たちが苦労するのは目に見えている。

それはサムにとっても好ましくなかった。

「貴様っ、僕を馬鹿にするなと言っているだろう！」

自分の思い通りの展開にならないことで、マニオンの限界は簡単に訪れたようだ。

手にしていた木刀を、なんの躊躇いもなくサムに向けて振るう。

だが、サムは迫りくる木刀を、片手で易々と摑《つか》んでしまったのだった。

「――っ、な、に」

木刀の一撃を難なく受け止められてしまったマニオンが、驚愕した顔をしてサムを見る。

サムはそんな弟の視線を無視して、呆れた声を出した。

「あのさ、君もこの家の後継者になるって決まったんだから、家の中で木刀を振り回したらどうなるかくらい考えなよ」

「――黙れ！　このっ、離せっ、どうしてっ、くっ、この！」

サムの注意に耳を貸すことなく、マニオンは木刀を取り戻そうとするも、ぴくりとも動かない。

(これが剣の天才なの？)

弟の実力を疑いたくなった。

サムは、身体強化魔法を使っていない状態で、マニオンの一撃を容易く受け止めたのだ。

しかも今、弟はサムから剣を奪うことができず四苦八苦している。

冒険者を始めてから多少身体も鍛えられているだろうが、それでも単純な筋力で圧倒できるとは思っていない。

(身体強化していないのにこれだぞ？　それとも、九歳にしてはすごいってことなの？　よくわからないな)

自分に剣の才能が皆無なことは確認しているが、マニオンが剣の天才だということは確認したことがなかった。

木刀があり、剣術の経験者ならひとつ年上の兄を殴打して意識不明にすることはできるだろうが、それだけで天才とは言わない。

だが、実際、マニオンの剣を受け止めて戸惑いが生まれた。

剣速が遅すぎる。

余裕で、目で追うことができたので、つい手で摑んでしまった。

硬い木刀に対し、強化もなにもしていない十歳の子供の手が、折れることもなく、わずかに痛むくらいだ。

今だって、木刀を取り返そうとしているマニオンに、単純な力比べで勝っている。

(別に、この家の当主になりたいわけじゃないんだけど、この程度のマニオンと比べられて無能扱いか。本当に、剣しか重要視しないんだな)

マニオンが天才かどうかは結局わからないが、少なくともまともに剣を振ることのできないサムよりはマシなのだろう。

(ま、いいか)

サムにとって、マニオンが剣の天才であっても、そうでなくても大した違いはない。

彼と比べられて劣っていると判断されたことも、別に悔しくもなんともなかった。

「いい加減に離せっ!」

てしまう。

「はいよ」

痺《しび》れを切らして怒鳴ったマニオンの要求通りに手を離すと、彼は勢い余って尻餅をつい
「あ、ごめんごめん」

サムが手を伸ばすと、

「触るなっ！」

手を払われてしまう。

マニオンは射殺《いころ》さんばかりにサムを睨みつけた。

（やれやれ、感情的だな。過激なところはあっても、やっぱり子供なんだね）

「このっ、少しくらい泣いてみせれば温情もかけてやったが、決めたぞ！　お前はこの屋敷から出て行け！」

「は？」

「父上はお前のような役立たずをこの屋敷に置いてやろうとのお考えだが、僕はそんなに甘くない！　使えない能なしは、この屋敷から、僕の屋敷から出て行け！」

サムは弟の言葉に大きな衝撃を受けた。

（――そういえば、どうして俺は成人するまでこの家にいようって思っていたんだろう？　よく考えたら、マニオンのいう通り、さっさと出て行けばよくない？）

弟に家を出て行けと言われたことがショックだったのではない。

なぜ、弟の言うようにさっさとこの家を出て行かなかったのかと、ショックを受けたのだ。

「うん。わかった」

「――――な」

「明日には出ていくよ。じゃあ、支度があるから！」

「へ？　へ？」

唖然としてしまった弟を放置したサムは、心を踊らせて自分の部屋に駆け足で戻る。

タンスを勢いよく開けて、以前から準備していた最低限の私物が入ったバッグを取り出すと、

「よし！　この家から出ていくぞ！」

と、決意に震えるのだった。


「駄目に決まっています！」

翌日、ラインバッハ男爵家を出ていくと世話になったダフネに告げたサムは、当然のごとく猛反対にあっていた。

「成人前に、しかも十歳のぼっちゃまがどうしてそんなことになったのですか！　私が旦

那様に抗議してきます！」

「待って待って！　あの人が出て行けって言ったわけじゃないんだから」

「旦那様ではない？　では、奥様ですか？」

「違うって、マニオンだよ」

「――あのクソガキ」

ついにダフネの整った唇から、弟の名前さえ出なくなった。

心なしか、こめかみが引きつっているようにも見える。

よほど怒っているのだろう。

サムはとりあえず、ダフネを落ち着かせようとする。

「別にマニオンに言われたから出ていくわけじゃないんだよ。前々から、俺がこの家から出て行きたかったのは、ダフネだって知っているだろ？」

「それは、はい。存じています」

「成人するまで家にいようって考えていたんだけど、べつに悠長に五年も待つ必要はないかなって思ったんだよ」

「しかし、その五年が大事なのです！　十歳で冒険者として独り立ちするなんて聞いたこともありません！」

「でも、今のところうまくやってるじゃん」

「――そ、それはそうですが、だからといってこれからもうまくいくとは限りません！　男爵領を出たら、見知らぬモンスターがいます。ときには人間と戦うことだってあります！」

「その覚悟はできているよ」

サムも馬鹿ではないので、この異世界が、剣と魔法でモンスターと戦うだけの世界ではないことくらいわかっている。

犯罪者や野盗《やとう》、悪事を働く冒険者だっているのだ。

ときには、人の命を奪わなければならないこともあるだろう。

そのすべてを覚悟してサムは、自立しようとしているのだ。

ダフネが心配してくれることには心から感謝している。

彼女ほど、自分に親身になってくれる人はいない。

だから、彼女に心配をかけることも悲しませることも辛かった。

それでも、この家から出ていきたいという思いは変わることはない。

「だからといって、はいそうですかと送り出すことはできません！」

「ダフネ」

「サムぼっちゃま、あまり私を困らせないでください」

「俺はこんな家にあと五年もいたくないんだ」

「――っ」

サムの言葉に、ダフネが言葉を詰まらせる。

「父親は俺に興味がなくて、義母は邪魔者扱いしてくる。腹違いの弟は俺を兄だと認めていない……そんな日々にあと五年も耐えなければいけないの？」

「……そ、それは」

「俺は、あいつらに馬鹿にされながら五年もこんな家にいたくない。そりゃ、ダフネたちと離れるのは寂しいけど、じゃあ、今行かないでいつ行くんだ？」

嘘偽りのないサムの本心を伝えると、ダフネは涙を流し始めた。

自分でもずるいことを言っているのはわかっている。

いつだってそばに寄り添ってくれていたダフネが心から案じてくれているのを知りながら、自分のしたいことを優先するのだ。

「ごめんね、ダフネ。たくさんよくしてくれたのに、悲しませちゃって」

心からの謝罪とともに、姉のように母のように接してくれた恩人の細い身体を抱きしめる。

ダフネも、サムの小さな身体を強く抱きしめ返してくれた。

「――きっとぼっちゃまのことを考えれば、この家から出ていくことが最善なのでしょう。わかりました。ぼっちゃまが辛い思いをするくらいなら、このダフネ、もう止めはしません」

「ありがとう」

「ですが！　定期的に連絡を入れてください。生きていることを、このダフネに知らせて安心させてください」

「わかったよ。必ず手紙を送るよ」

「寂しくなりますね」

ダフネがサムを抱きしめる腕に力を込める。

サムは、彼女の温もりを決して忘れないようにしようと力強く抱きしめた。

「俺もだよ、ダフネ」

しばらく、家族と抱きしめあったサムは、名残惜しく身体を離すと、ダフネに頼んでおきたかったことを思い出す。

「――あ、そうだ。ダフネにお願いしたいことがあったんだ」

「なんでしょうか？」

「冒険者ギルドに貯めてあるお金の大半は残していくよ。だから、町のみんながお金や食料に困ることがあったら、惜しむことなく使ってほしいんだ」

「よろしいのですか？　結構な額が貯まっていたはずですが」

「いいんだ。もうワイルドベアの肉を届けることができないし、みんなになにがあるかわからないからね」

サムに心残りがあるとすれば、ダフネをはじめとした心優しい町の人たちと別れることだった。

彼女たちのためになにかできることはないかと考えた末、思いついたのはお金だった。

幸いなことに、この一年で大量に退治したワイルドベアのおかげで貯蓄は十分にある。

お金も持って歩くには限度があるし、子供が大金を持っていてもいいことはない。

ならば、町の人たちのために使ってもらおうと考えたのだ。

「かしこまりました。このダフネ、責任を持ってぼっちゃまのお金を管理させていただきます」

「ありがとう。それと、もうひとつだけお願いしてもいい？」

「なんなりとおっしゃってください」

サムは、少しだけ恥ずかしそうに小さな声で呟いた。

「あのさ、ダフネにお弁当作ってほしいな」

「もちろんです。愛情をたくさん込めて作らせていただきますね」

この日、サムはラインバッハ男爵家を出ていくことを決めた。

身支度をすると、ダフネやデリックと最後の食事を共にした。

転生してから一年だが、彼女たちとの日々は決して悪いものではなかった。

姉のように、ときには母のように優しくも厳しく接してくれたダフネ。

父親よりも、よほど父親のように穏やかに接してくれたデリック。

そして、笑顔と優しさをたくさん与えてくれた使用人たち。

みんなには感謝しかない。

最後の思い出を作ろうと、ベッドに入ってくるダフネを拒みきれず、家族のように一緒に眠りについたサムは、翌朝、爽快《そうかい》な気分で目を覚ました。

ダフネに手伝ってもらい、身支度を完璧にすると、彼女から愛情のこもったお弁当を渡される。

「それじゃあ、行ってきます」

「いってらっしゃいませ、私たちはいつまでもサムぼっちゃまのお帰りをお待ちしていますす」

使用人たちに見送られて、サムは男爵家の玄関にいた。

大きめのバッグを背負い、冒険者らしい出で立ちに身を包みながらも、まだ十歳という年齢がどこかアンバランスさを感じさせる。

「みんな、ありがとう！」

しんみりした別れは嫌だったので、笑顔を浮かべて手を振ってみんなとの別れを迎えた。

ダフネは涙を流していたが、それでも必死に笑顔を浮かべてくれていた。

そんなダフネとの別れは辛かったが、サムは手を振り続け、屋敷に背中を向ける。

もう戻ることはないだろう。

だけど、縁があればまたみんなに会いたい。

そんな思いを胸に、地面を蹴って駆け出した。

途中、早くから起きている町の人たちと挨拶を交わし、孤児院の院長と子供宛てに手紙を置いていく。

お世話になった冒険者ギルドのみんなにはすでに昨日挨拶をしてあるので、そのまま町の外へ足を踏み出した。

「俺は、自由だっ！」

こうしてサムは、冒険者としての一歩を踏み出したのだった。

第2章
運命の出会いです

episode.02

Izure saikyou ni itaru tensei mahou tsukai

「あー、なんて開放感なんだ！　これが、自由かー！」

ラインバッハ男爵家《だんしやくけ》のある町から出たサムは、ひとり森の中を歩いていた。

新しい人生の一歩を踏み出したせいもあって、気分は軽く、爽快《そうかい》だ。

ようやくあの不愉快な家族から解放された喜びは大きい。

きっと向こうも、サムがいなくなったことを知れば誰はばかることなく喜ぶに違いない。

「これからは冒険者として世界中を旅しよう。せっかく異世界に転生したんだ、嫌ってほどこの世界を楽しんでやる！」

向かうのは隣の領地だ。

ど田舎のラインバッハ男爵領と違って、隣の領地はそれなりに栄えていて、王都とも行き来があるそうだ。

サムの目的地はまず王都だ。

王都に行けば、冒険者の依頼も豊富だと聞く。

魔法の才能がある人間なら誰でも入学できるという魔法学校の門を叩くのもひとつの選択肢かもしれない。

「そういえば、この世界ってダンジョンとかあるのかな？　やっぱり異世界っていったらダンジョンでしょ」

まだ見ぬ世界にワクワクが止まらない。

第２章

運命の出会いです

冒険者として仲間を募《つの》り、ダンジョンに挑み、財宝を得る。

前世で幼いころ、何度も遊んだゲームのようだ。

「勇者とか魔王っているのかな？　あーでも、魔王との戦いとか聞いたことがないんだよねぇ」

勇者や魔王の存在も憧れないわけではない。

いるなら会ってみたいとも思う。

しかし、魔王がいれば、人間と戦っているかもしれないし、そうなれば、戦争だって起こりうる。

人が苦しむのは好きじゃない。

たとえそれが、見知らぬ人たちだとしてもだ。

サムは、この世界に転生した当初、この世界を夢のようなものだと考えていた。

それこそ、いつか目が覚めて地球に戻れる、とも。

そんなサムに、この異世界が現実だと認識させてくれたのが、ダフネをはじめとするラインバッハの人々だ。

彼女たちは生きている。

ファンタジー世界の住人ではなく、現実世界の人間だ。

そして、なぜ転生したのか不明ではあるが、サムとなった自分もまたこの世界に生きるひとりの人間なのだ、と。
ゆえに、サムはこの世界を見て回りたい。
多くの人が住まうこの世界を、自分の目でちゃんと見るのだ。
今さら、地球に戻る方法を探したりはしない。
もうこれは運命だと受け入れている。
あとは、この世界でどう生きるか、だ。
「さーてと、まずは王都だ。そこから、お金を貯めていろいろな国へ行こう！」
目的が決まっていれば足取りも軽くなる。
おそらく、楽しいことばかりではないだろう。
失敗することもあれば、苦難に襲《おそ》われることもある。
もしかしたら絶望することだってあるかもしれない。
だが、それが人生だ。
どの世界で生きていようと変わらない。
サムは未来に向けて、地面を力強く蹴った。

「うん？」
そろそろ森を抜けて、隣の領地に足を踏み入れようとしたとき、サムの耳に誰かの息遣《いきづか》いが届いた。

「誰かいるの？」

返事はない。

しかし、間違いなく、人の呼吸音がする。

万が一、不意打ちでモンスターに襲われても構わないように身体強化魔法をかけているので、聴力も増している。

聞き間違いではない。

間違いなく、人間が近くにいる。

「呼吸が弱々しいな。誰か、怪我人でもいるのかもしれない」

困っている人がいるのなら放置するという選択肢はない。

サムは、神経を研《と》ぎ澄《す》まして、人の気配がする方向に進んでいく。

幸い、モンスターはいないようだ。

声を出してみようと思ったとき、サムは探し人を見つけた。

「――いた」

大木に背中を預け、力なく地面に座っている女性だった。

「――っ、女の人だ」

緑の森の中に、炎のような緋色《ひいろ》の髪がよく目立っている。

灰色のローブを纏《まと》った姿は、まさに冒険者という出で立ちだ。
しかし、荷物のようなものを持っていない。
もしかすると、モンスターに追われて、逃げてきた可能性もある。
「あの」
「ん……？」
「――――っ」
女性が顔を上げると、サムが息を飲む。
美しい女性だった。
前世、今世合わせて、一番の美女だと言っても過言ではない。
年齢は二十歳ほどだろうか。
燃えるような緋色の髪、汚れない白い肌、すらりとした肢体《したい》は実にバランスがいい。
鼻梁《びりょう》や眉、瞳《ひとみ》は精巧《せいこう》な人形のように整っている。
なにより目を引いたのが、髪と同じ色をした力強さを感じる瞳だ。
（――まるで炎のような人だ）
サムの中から警戒心が消えてしまった。
炎に吸い寄せられる蛾《が》のように、ふらふらと近づいていく。
気づけば、彼女を見下ろせるほど近くに立っていた。

第２章

運命の出会いです

「あの、どうかしましたか？」

声をかけるだけで緊張する。

よくよく考えれば、領地を出て初めて出会った人だ。

彼女が何者なのかわからないが、それでも声をかけずにはいられなかった。

「怪我でもしたんですか？　手当てが必要ですか？」

「――た」

「え？」

ぼそり、と女性はなにか呟《つぶや》いたようだったが、サムは聞き取れなかった。

どうやら声を出す気力もないようだ。

しかし、彼女の瞳だけはギラギラと輝いている。

そんな彼女の瞳に誘われるまま、サムは顔を近づけた。

「大丈夫ですか？」

「――った」

まだ声は弱々しく、なにを言っているのかわからない。

すると、女性の手が伸び、サムの胸ぐらを摑《つか》むと、整った唇を近づけてきた。

「――腹減った」

なにを言われたのか理解できなかった。

思考が止まる。

そんなサムに、もう一度彼女が言った。

「腹減った。なにか、食べさせて」

どうやら女性は怪我をしたのではなく、空腹で倒れていたようだ。

サムは緊張が消え去っていくのがわかった。

はぁ、とサムはため息をつくと、バッグを背中から下ろして彼女のために食料を取り出したのだった。


「ごちそうさま。ありがとう、まさか空腹で倒れるとは思っていなかった。ははははは」

「この女……ダフネの作ってくれたお弁当、全部食いやがった」

空っぽになった弁当箱を見て、涙するサム。

せっかくダフネが腕によりをかけて作ってくれた弁当を、一口も食べることができなかった。

「すまんすまん。アイテムボックスを持っているから、いつでも食事できると思っていたんだけどね。肝心の食料を入れるのを忘れていたんだ」

「アイテムボックス!?」

――アイテムボックス。

第２章

運命の出会いです

その単語に、サムの怒りと悲しみが吹っ飛んでいく。

まさかこんなところで、ファンタジーに満《み》ち溢《あふ》れた単語を聞けるとは思わず、目を輝かせる。

「アイテムボックスってあるの？　どこで手に入るの？」

「落ち着け少年。アイテムボックスは私のスキルだよ。買って手に入るものじゃないさ」

「スキルなんてあるの!?」

「なんだ、少年。スキルを知らないのか？」

そういって彼女は簡単に説明してくれた。

スキルとは神から与えられた恩恵のようだ。アイテムボックスのような便利なものから、攻撃に特化したもの、まるで役に立たないものまであるそうだ。

「ふふん。これは希少なスキルなんだぞ、羨《うらや》ましいだろう！」

「いいなー！　いいなー！　俺も欲しいなー！」

「残念ながら少年にくれてやることはできないぞ。スキルは生まれながらのものだからね。

――うん？　なんだ、少年もスキル持ちじゃないか」

「え？　俺、なんかスキル持っているの？」

「気付いていなかったのか？」

初耳だった。

同時に、胸が弾んだ。

まさかこの身にスキルが宿っているとは夢にも思っていなかった。

(もしかして、俺にもアイテムボックスがあるとか⁉　いやいや、下手したらもっとすごいものが)

「そ、それで、俺にはどんなスキルが⁉」

「嬉しいのはわかるが、落ち着け、少年。といっても、無理はないか。スキルを持って生まれる人間は、魔力を持って生まれる人間よりも少ないからな。ある意味、世界に愛されている証拠だ」

「そんなことといいから早く早く！」

「子供だなぁ。ま、いいさ。少年のスキルは、ふむ『斬り裂くもの』というスキルだな」

「『斬り裂くもの？』」

その言葉を聞いてすぐに、初めての戦闘を思い出す。サムは熊と戦い、無意識に両断していた。その後も、その力は使えていたのだが、もしかするとそれがスキルなのだろうかと考える。

「察するに、斬ることに特化したスキルではないかと思うぞ。よかったじゃないか。剣を握れば一騎当千《いっきとうせん》かもしれないぞ？」

女性の言葉にショックを受け、サムは地面に膝《ひざ》を突いた。

第2章

運命の出会いです

「斬ることに特化したスキルなんて、あんまりだ」

「ちょ、なにを落ち込んだ少年？　私は使わないが、スキル持ちの剣士なんてそうそういないぞ。うまくいけば、国の騎士団にスカウトされることだってあるんだぞ？」

「……剣を使えないのに、どうやって？」

あまりにも宝の持ち腐れだった。

サムに少しでも剣の才能があれば、斬ることに特化したスキルを持っていることはプラスに働いただろう。

しかし、サムは剣の才能が皆無だ。

剣が苦手というレベルではなく、まったく使えないのだ。

そんなサムに、斬ることに特化したスキルを与えて、一体何の役に立つというのだろうか。

「少年？　なにか訳ありか？」

地面に両手を突き、項垂《うなだ》れるサムの顔を女性が覗《のぞ》き込《こ》んだ。

「よくよく考えれば、こんな森の中に子供がひとりというのも変な話だ。よかったらお姉さんに話してみないか？」

「……えっと、なにをです？」

「君の、今までと、これからを、さ」

そう言って女性は微笑んだ。

善意で言ってくれたのか、好奇心なのかはサムにはわからない。

「どうして初対面の俺に」

「なに、少年の大事な食事をもらったからね、ちょっとした恩返しだよ」

ニコニコと微笑む彼女に、今までに出会った人とは違う、なにかを感じた。

「おっと、私としたことが、まだ名乗ってもいなかったね。少年が警戒するのも無理はない」

彼女はそう言うと、立ち上がり胸を張った。

「私は、ウル・シャイト。天才魔法使いだよ」

(うわー、この人、自分で天才って言っちゃうタイプなんだ)

緋色の髪の美人が、凜々《りり》しく天才を自称する様はむしろ堂々として似合っていた。

つい信じてしまいそうになる。

「それで、少年の名前は?」

「はぁ、俺はサミュエルです。サムって呼んでください」

「サム、サムか。うん。いい名前だ」

少年の名を嚙みしめるように呟く女性——ウル。

彼女は何度か頷《うなず》くと、サムに手を伸ばす。

第２章
運命の出会いです

「さあ、君のことを教えてくれ」

サムは、不思議と抵抗なくウルの手を取った。

そして、気づけば、自分のことを彼女に話してしまっていた。

「なかなかサムも大変な人生を送っているね」

転生したこと以外をすべて話し終えると、苦笑いを浮かべたウルがそんな感想を口にした。

「大きなお世話です」

田舎の男爵家の長男に生まれながら、剣の才能がないゆえに跡取りになれず、腹違いの弟によって家を追い出されたこと。

しかし、サムはこの状況を喜んでいることを伝えた。

そんなサムに、ウルは「変わっているね」と笑った。

「しかし、ラインバッハ男爵家か、聞いたことがないな」

「まぁ、田舎の貴族ですから」

「それもそうか。ところで、サムはこれからどうするつもりなのかな？」

「冒険者登録はしているから、お金を貯めて、しばらくしたら各地を転々としてみようかなって」

「なんて子供らしくない淡々とした目的なんだろうね。もっと、大物になってやるとか、実家の奴らを見返してやる、とかないのかい？」

「特にないですね」

「じゃあ各地を転々として、なにか目的でもあるのかい？」

「俺は、この世界を見て回りたいんです」

「——おお！　私と同じじゃないか！」

サムの答えに、ウルが嬉しそうに瞳を輝かせる。

「もしかして、ウルさんも？」

「そうだ！　私も世界のいろいろな場所を見て回り、世界中の様々な魔法を習得することを目的とする旅をしているんだ」

「世界中の魔法を？」

「君も魔法が少しでも使えるなら思わないか？　多くの魔法を学び、習得し、魔法使いとしての高みに昇りたいと」

「思います！」

「そう言うと思っていた。君はどこか私に似ている。もしかしたら、君が私を見つけたのも、波長が合ったからかもしれないね」

まるで同志を見つけたようにウルは赤毛を振り乱して喜んでいる。

サムも、自分と同じように世界中を見て回ろうとしている人と出会えたことが嬉しかった。

「あ、でも、俺に魔法の才能があるかどうかわからないんです。せいぜい身体強化魔法しかできないし」

「身体強化も単純だが、意外と使うのは難しいんだけどね。よし、これもなにかの縁だ。私が深く『視《み》て』やろう」

こちらに視線を向けるウルの右目に魔法陣が浮かび上がる。

サムは、まるで内側を覗かれているような錯覚《さっかく》を覚えた。

しばらくすると、ウルが小さく唸《うな》った。

「まさか、こんなところで出会うことができるなんて」

「あの、ウルさん？」

「少年！　いや、サム！」

「は、はい？」

ウルに突然両肩を摑《つか》まれて、油断すれば唇同士が触れそうなほどの至近距離に彼女の顔が迫る。

「君には、私には劣るが、ずば抜けた魔力と魔法の才能があるぞ！」

「――っ、本当ですか!?」

「もちろんだ。私はつまらない嘘をついたりしない。そして、才能ある君に、さらなる朗報がある！」

「朗報？」

「喜べ！　このウル・シャイトがサムを弟子にしてやろう！」

「はい？」

「よろしい。いい返事だ」

「ちょ、待って。今のは返事じゃなくて、困惑して聞き返しただけで」

急に弟子入りと言われて慌てるサムを置いてきぼりにして、ウルはどんどん話を進めていく。

その勢いは凄まじく、サムには止めようがなかった。

「今日から、サミュエル・シャイトと名乗るといい！」

「待って、ウルさん！　待って、お願いだから待って！」

「私はずっと自分の後継者になることのできる人間を探していた。私の学んだ魔法をすべて継承することができる、才能ある人材を、だ」

「ま、まさか、それって」

「そうだ。それが、サム、お前だ！」

整った顔がこれでもかと近づいているのに、ときめいている余裕さえない。

第2章

運命の出会いです

鼓動が速くなる。

だが、それはウルの顔が近いからではない。

「俺にそんな才能が？」

震える声で吐き出したのは、期待に満ちた問いかけだった。

ウルは力強く頷く。

「ある！　約束しよう！　サムはいずれ最強の魔法使いへと至るだろう！　いや、私がしてみせよう！」

「俺が、最強の魔法使いに？」

なれるのか、と考えてしまう。

異世界に転生して一年。剣の才能がなく魔法に縋《すが》るしかなかった自分に、そんな才能があるのかと疑問だった。

しかし、ウルの瞳はどこまでも真っ直ぐで、サムの才能を疑っている素振りは微塵もなかった。

(――信じたい)

「これは運命だよ、サム。こんな辺境の森の中で、偶然出会った私とお前が、お互いに求めているものを持っている。私は後継者を、サムは優れた師を」

ごくり、とサムは唾《つば》を飲み込んだ。

緊張に身体が震え、心臓の鼓動が煩《うるさ》くなる。
そんなサムから一歩離れ、ウルは再び手を伸ばした。
(これは、きっと運命の出会いだ)
ウルの言う通り、お互いに欲していたものを持っている。
これが運命でなければ、なんだというのだろうか。
自称天才魔法使いのウルがどれほどの実力なのか、サムにはわからない。
だが、堂々とした自信に満ち溢れる彼女の言動に、賭けたくなった。
サムは力強くウルの手を取る。
彼女の手は、意外と小さく、指は細くしなやかだ。
彼女の手が、サムの手を力強く握り返した。
「よろしくお願いします。ウルさん」
「私のことは師匠と呼ぶといい。今日からサムは――私のものだ」

×　×　×

それからサム・シャイトは師匠ウル・シャイトと共に世界中を転々とした。
念願だった異世界を巡る旅が叶ったのだ。

毎日が冒険だった。

見知らぬモンスター、様々な部族、場所によって発展レベルが違う国、すべてが新鮮でおもしろかった。

ウルと一緒なら、世界の果てまで行くことができる。

そんなことさえ思った。

魔法についても、ウルはサムの才能を伸ばそうと、時間を惜しみなく使ってくれる。

サムが持つスキル『斬り裂くもの』は、当初、宝の持ち腐れだと思われていた。

しかし、天才魔法使いを名乗るにふさわしい実力を持っていたウルは、サムのスキルを魔法で有効に使えばいいという答えを出した。

「斬ることに特化って、別に剣だけの話じゃないだろう。魔法を使って斬ればいい」

そんなウルの考えに、サムは目から鱗《うろこ》が落ちる思いだった。

そして、すぐに実践した。

魔法を斬撃にして放つ、炎や氷を纏わせた腕をまるで剣のように振るうことでスキルを生かすことができるとわかったのだ。

身体強化した肉体から放たれる手刀でも、スキル『斬り裂くもの』は有効だった。

すると、手数を増やすためだと体術を叩き込まれた。

魔法の訓練に加えて、肉体での実戦訓練。

第２章

運命の出会いです

一言で言えば、過酷だった。

魔法も体術も優れているウルは、泣き言を許してくれない厳しい師匠だった。

十歳の少年だからといって手加減もしてくれず、いつだって本気で鍛えてくれた。

「死ぬ死ぬ死ぬ死んじゃうぅぅうううううううっ！」

何度サムは叫んだかわからない。

しかし、師匠は緋色の髪をなびかせると、

「死ぬと言って実際に死んだ奴はいないから安心していいよ」

そんなことを言って、手を緩めるどころか更なる激しい訓練を課してくれた。

「このっ、嗜虐趣味女《しぎやくしゆみおんな》！　いじめっ子！　ドＳ！」

サムも意外とタフだったようで、ウルに文句を言いながらも過酷な訓練をすべて乗り越えてきた。

そして、気づけば、

「へ？」

サムは、魔剣に匹敵《ひつてき》するほどの一撃を放てるようになっていた。

これはウルのお墨付《すみつ》きであり、サムが自分に自信を持つことができたひとつの重要な出来事だった。

さらにふたりの日々は続く。

ウルが最も得意とする火属性魔法の適性がサムにあるとわかると、

「どうせなら火の魔法の本場で学ぶとしよう。日の国へ行くぞ！」

と、海を越え東の島国に渡りもした。

日の国は閉鎖的で、当初サムたちは歓迎されなかったが、敵意を向けてくる人間を片っ端からぶっ飛ばしていたら、いつしか実力を認められ、気づけば王家の客分にまでなってしまっていた。

そのおかげで秘伝の魔法をいくつか学ぶことができたのは幸いだった。

これにはサムだけではなく、まだ見ぬ魔法を習得できたことをウルも大いに喜んだ。

日の国の国王から直々に「我が国に仕えないか？」という誘いを受けたものの丁重に断り、大陸に戻ったサムたちは、再び各地を転々とした。

強いモンスターがいるという情報が入れば、サムのいい訓練になると倒しに行く。

死にかけながらもサムがなんとか討伐《とうばつ》を終えると、報奨金を受け取り、そのお金でちょっと豪遊するとすぐに修行。

そんな日々を繰り返していた。

サムがウルと出会い、二年が経つころには冒険者ランクもBとなった。

魔法の才能も順調に伸び、ウルが驚くほどの実力を身に付けていった。

サムに苦手な魔法の属性はない。

第2章

運命の出会いです

ウルが得意とする火属性から始まり、水属性、風属性、土属性、光属性、闇属性、ほかにも無属性などがあるが、サムはすべての属性魔法を扱うことができた。

これはかなり稀《まれ》なケースらしい。

誰でも得意な属性魔法と苦手な属性魔法があるのだが、サムは火属性と闇属性を得意としながら、他の属性も満遍《まんべん》なく使うことができたのだ。

魔法を覚えた初期から使っている身体強化魔法も今では数段上のレベルのものを習得し、さらに限られたごくわずかの魔法使いだけが使えるという飛翔魔法も、難なく覚えることができた。

これはサムの才能もあったのだろうが、ウルの教えもよかったと言わざるを得ない。

ウルは、実に魔法に真摯《しんし》に向き合っていた。

難しい魔法も、根気強くサムが覚えるまで繰り返し教えてくれた。

ときにはサムが音を上げても、励まし、ときには叱《しか》りながらも、習得するまで付き合ってくれた。

スパルタな一面もあったがそれはご愛嬌《あいきょう》だろう。

飛翔魔法を覚える際には、サムを上空から叩き落とし「死にたくなければ覚えろ」という荒技を使うこともあったが、サムはそんなウルを心から慕った。

魔法使いとして遙かな高みにいるウルに、師匠として憧れ、女性としても恋い焦《こ》がれてしまうようになった。

前世を含めての初恋だった。

だが、まだサムは成人していない子供だ。

素晴らしい魔法使いであるウルとは、年齢的にも実力的にも釣り合いが取れていない。

ゆえに、サムはひとつの目標を決める。

「いつかウルに並ぶほどの魔法使いになったら告白しよう」

そう決意し、努力し続けた。

ある意味、一番の原動力だったのかもしれない。

サムは、その後も魔法の訓練、モンスターや犯罪者との戦闘、休息という名の豪遊を繰り返し、あっという間に四年の月日が流れていった。

前世を含め、これほどまでに充実した時間はなかった。

――それゆえに、サムは思い違いをしていた。

ウルとの日々がずっと続くと思っていた。

愛する人との冒険、魔法を学ぶ楽しみ、強くなっている実感。

こんな幸せな日常が、永遠に続くのだと信じて疑っていなかった。


――だが、それは、サムの楽観的な希望でしかなかった。

第2章

運命の出会いです

×　×　×

サムとウルが出会い、そろそろ五年になろうとしたころだった。

――突然、ウルが倒れた。

「――う、ウル?!」

四年の間、殺しても死なないほど元気だったウルが、なんの前触れもなく道端で倒れたことにサムは大きな衝撃を受けた。

慌てて彼女に駆け寄る。

「ウル！　ウル！　大丈夫？」

「へ、平気さ、たいしたことないよ」

「だけど」

先ほどまで行っていた訓練の間も、笑顔でバンバン魔法を撃ちまくっていたウルが、青い顔をして胸を押さえている姿にサムの血の気が引いていく。

そんなサムに心配ないと言ってくれるウルだが、それが嘘だということくらいすぐにわかった。

「少し休めばよくなるさ。悪いけど、宿屋まで連れて帰ってくれるかな」

「わ、わかった！」

サムはウルを背負い、極力揺らさないように気をつけながら、宿屋に急ぐ。

宿屋に着くと、蹴破るように部屋の扉を開けて、そっとウルをベッドに横たえた。

「……しばらく眠るよ。大丈夫、心配する必要はないさ」

「あ、ああ」

そう言ってすぐに寝息を立ててしまうウルに、サムは不安になった。

彼女が起き上がるのを待ち、サムは傍で見守り続けることにした。

そして、数時間が経過した。


ウルの故郷であるスカイ王国の王都に近い、小さな町のベッドの上で静かに眠るウルの傍を離れることなく、サムは見守っていた。

（ウルになにがあったんだ？　病気？　でも、この四年間、そんな素振りはなにも見せなかった。もしかして、俺が気づいていないだけで、ウルは具合が悪かったのか？）

休めば良くなると言った彼女は、もう半日眠ったままだ。

すでに夜《よる》の帳《とばり》が下り、あたりは暗くなっていた。

もしかしたらこのままウルが目覚めないのではないかという不安が頭を駆け巡る。

この世界に転生して、サムは初めて神に祈った。

第２章
運命の出会いです

「……ん……サム」

ベッド脇の椅子に座り、祈り続けるサムに、不意に声がかけられる。

ウルが目覚めたのだ。

サムは椅子を蹴って、彼女のもとに駆け寄った。

「ウル、具合はどう？」

まだ顔色の悪い、最愛の師に不安げに声をかける。

すると、彼女は無理をして笑った。

「元気に決まっているだろう」

「嘘つくなよ。まさか、倒れるなんて……具合が悪いなら、悪いって言ってくれなきゃ」

「まったく、男の子がそんな情けない顔をするな」

ウルは、暗い顔をしているサムの頭を優しく撫でた。

「目が覚めたのなら、病院に行こう。無理なら、医者を連れてくるよ」

小さな町だが医者だっている。

もし、町医者で駄目なら王都へ向かえばいい。

「医者はいいよ」

しかし、ウルの言葉はサムの予想外のものだった。

「どうしてだよ！」

思わず声を荒らげてしまう。

するとウルは、どこか宥《なだ》めるような声を出した。

「自分の身体のことくらいわかっているさ」

「だからって」

「サム、よく聞くんだ。私はもう長くないだろう」

「――は？」

サムは己の耳を疑った。

いや、聞こえてはいたが、ウルの言葉を受け入れたくなかった。

「な、なに言ってるんだよ？　言っていいことと悪いこともわからなくなったのか？」

突然、弱気なことを言い出したウルに、サムは言い知れない不安を覚えてしまう。

今までこんな弱々しいウルは見たことがない。

彼女はいつだって、強気で、自信満々で、ときには傲慢《ごうまん》だった。

そんなウルが、こんなにも力なく見えるのは初めてだった。

「落ち着いて聞いてくれ、サム。私は、不治の病に冒《おか》されているんだ」

「え？」

「原因も、治療方法も不明な、悪意しかない病気だよ。強い魔力を持つ人間が稀に発症する、珍しい病気だ」

第２章

運命の出会いです

「そんな、だって、ウル」

ウルの告白に動揺するサムだが、彼女は構わず話を進めてしまう。

「隠していてすまない。だけどね、ずっと調子がよかったんだ」

サムに、言葉を受け入れ、噛《か》み砕《くだ》く時間を与えてくれない。

「実を言うと、病気が見つかったとき、一年も持たないと言われていた」

「……そんな」

「だから私はすべてを捨て、家族に病気のことを言わないまま、出奔した。すべては、私の後継者を探すためだ」

ウルはサムを見て微笑んだ。

「そして、私の求めていた人材は見つかった。愛しい弟子、サムのことだ」

「待ってくれ、ウル！　一年って、俺たちはもう四年も一緒にいるじゃないか！」

「私も不思議だった。もしかしたら病気なんて治ってしまったんじゃないかとも思った。だが、やはり病気は病気だったよ」

「医者を、医者を探そう！　王都のように広い都市なら、ウルのことを治してくれる医者がいるはずだよ！」

ウルはサムの提案に、静かに首を横に振った。

「残念だが、私はもともと王都暮らしだ。使える伝手《つて》をすべて使って、高名な医者にも魔法使いにも見てもらった。その結果が、あと一年だったんだ」

「……そんな、じゃあ、どうすれば」

「しかし、人生とはおもしろいものだね。私の命の灯火は、一年どころか四年も持ってくれた。これはきっとサムのおかげだよ」

「ウル、やめてくれ！　そんなこと言わないでくれ、俺たちはこれからも一緒に冒険して、笑って、一緒に」

もう病魔に負けてしまったような物言いのウルに、サムが叫ぶ。

このまま師匠を死なせることなどできない。

どんなことをしてでも、命を繋ぎ止めたい。

それこそ、自分の命を差し出したっていい。

サムは本気でそう思った。

「きっと最期の言葉になるだろうから、言っておくよ。――愛しているよ、サム」

ウルは涙を堪《こら》えるサムの頬を愛しげに撫でた。

「師として、家族として、そしてひとりの女としても、サムを心から愛している」

彼女の手を取り、サムは今にもこぼれそうな涙を堪えるので精一杯だった。

「サムと出会えて、私は幸せだった。できることなら、サムの子供を産んであげたいほど愛してしまった。こんなに時間が残されていたともっと早くにわかっていれば、躊躇《ため》わずにお前のことを求めていたのに」

「……ウル……俺も、ウルのことを」

「知っていたさ。だけど、私は臆病だったから、気づかないフリをしていた。いつかいなくなってしまう女なんてサムには相応《ふさわ》しくないと、勝手に思っていたんだ」

涙がついにこぼれた。

一度、決壊してしまうと、涙は止まらない。

「そんなことないよ。ウルは俺のすべてだ。ウルがいなくちゃ、俺は、俺は……」

サムの涙が自らの頬と、ウルの手を濡らしていった。

「泣くな、サム。幼いころ出会ったお前ももう成人だ。立派になった。私はそんなお前の姿を見ることができて、なによりも嬉しいよ。だが、やり残したことがある」

「やり残したことって？」

「――私のすべてを、サムに継承させることだ」

師匠の言葉に、サムは頷く。

「そうだね。俺も、ウルのすべてを受け継ぎたかったよ」

時間がもっとあれば、彼女の技術を習得できたはずだ。

サムは、いずれ彼女の蓄積された魔法技術のすべてを学び、立派な魔法使いになる日が来ると思っていた。

まさか病気に邪魔されるなどとは夢にも思っていなかった。

「違う。そうじゃない。そのままの意味だ、私のすべてをお前に受け継がせたい」

「でもそんなことできるはずが」

「時間があれば、私の手でお前のことを最後まで育てたかった。だが、私に時間がないことは最初からわかっていた。ゆえに、ひとつの魔法を編み出したんだ」

「待ってくれ。俺を後継者にってそういうことだったのか？」

「……サムには黙っていたけど、私に時間がないのはわかっていたからね」

まさかそんな準備をウルがしていたなんて思いもしなかった。

彼女の魔法の実力は素晴らしいの一言だが、それは戦闘面に特化している。

そんなウルが、どんな魔法を生み出したというのだろうか。

「私が開発したのは、一度しか使えない秘儀――継承魔法だ」

「……継承魔法」

「私の魔力、学んできた魔法技術と知識、そしてスキル、すべてをサムに譲り渡すことができる」

「そんなことが、できるの？」

もし本当にウルの言うように彼女のすべてを継承できるというのなら、開発された魔法は前代未聞だ。

多くの魔法使いが、喉から手が出るほど欲するだろう。

幾人もの魔法使いたちが、自分の技術を残そうとしてきた。

その多くは弟子を取ることや、魔導書を書き残すことで、後世に伝えることを望んだ。

しかし、それでも十あるものが十すべて受け継がれることはない。

ゆえに、魔法使いたちが自分たちの魔法を――生きた証を後世に残すことは、大きなひとつの課題だった。

「できる。しかし、継承したからといってすべてを使いこなせるわけではない、才能と技術が必要だ。だが、サムなら問題ない。この四年で確信したよ」

「俺が……ウルのすべてを受け継ぐ？」

「サムは才能と魔力に恵まれている。あとは時間が解決してくれるはずさ。お前なら、受け継いだ私のすべてを問題なく使いこなせるだろう」

「待って、待ってくれよ、ウル！　なんだか継承することを前提で話しているけど、まずは医者を、四年も持ったんだから、まだ時間があるかもしれないじゃないか！」

ウルが自分にすべてを受け継がせようとしてくれていることは、素直に嬉しく思う。

だが、そんなことよりも、彼女にもっと生きていてほしかった。

「しようがない子だな。自分の身体のことはわかっていると言っただろう」

「でも」

「前々から自覚症状はあったんだ。味覚が鈍くなり、手足が痺《しび》れ、呼吸も整わず、体力もなくなった。お前に隠すのは一苦労だったんだぞ」

「だからって」

「聞いてくれ、サム。お前の気持ちは嬉しい。私だって、できることならもっとお前と、サムと一緒にいたい。だけど、継承魔法を使えないほど衰弱してしまったら意味がないんだ。私のすべてを託《たく》せなくなってしまう」

「――ウル！」

「まさか、いらないとは言わないよな？」

「そんなこと言うわけないじゃないか！　でも、それ以上に、俺はウルと一緒にいたいんだ！」

もし、ウルのすべてを引き継がなければ残された時間が伸びるのであれば、喜んで継承することを放棄しただろう。

しかし、ウルとの会話から、本当に彼女の時間が残されていないのだとサムにもわかった。

それでも、許されるのであれば、ウルともっと長い時間を一緒にいたいと思ってしまう。

なにか手段がないかと考えてしまう。

涙の止まらないサムを、ウルは優しく抱きしめた。

第2章

運命の出会いです

「愛しいサム。私が初めて恋をした愛弟子よ。私もお前と一緒に生きていたいよ。しかし、同じくらい、目に見えて衰弱していく姿を見せたくないんだ。ならば、私が私のままでいられるうちに死なせてくれ」

「――ウル！　そんなことを言わないでよ！」

もう涙で、ウルの顔がちゃんと見えない。

彼女が生きながらえることを拒《こば》んでいるのだとはっきりわかってしまった。

尊敬する師匠が諦めるしかないほどの病魔を憎々《にくにく》しく思う。

「かつては死が怖かった。私の学んだことを、才能を、なにも残せず死んでしまうことが恐ろしくて仕方がなかった。だが、今は違う。サムのおかげだ。サムがいるから、私は安心して眠ることができる」

「ウル……嫌だよ、ウル」

「いつかサムのことを傷つけてしまう日が来ると思っていた。胸が痛んでならない、すまないと思っている」

もう別れの言葉同然に感じた。

サムは、ウルを抱きしめる腕に力を込める。

絶対に離したくないとばかりに、強く。

「だけど、同時に嬉しいとも思っているんだ。愛する弟子に、私のすべてを渡すことができるんだ。こんなに幸せなことが他にあるかな？」

返事などできない。

涙が止まらない。

サムはウルの腕の中で嗚咽《おえつ》を漏らす。

「お前は優れた魔法使いだよ。私のすべてを継承すれば、さらなる高みに届くだろう。期待しているよ、愛しい弟子よ」

ウルはそう言うと、サムの頭を優しく撫でた。

「さ、手を出して」

サムは涙を流したまま従う。

ウルから身体を離し、彼女と手を握り合った。

「今から私のすべてを伝える。きっと、継承魔法を使えば、私は眠るように逝くだろう。湿っぽいのは好きではないので、こんな日のために、前もって手紙を残しておいた。あとで読んでくれ」

「そんな、ウル」

もう別れが迫っているのかと、涙がさらにこぼれた。

あまりにも突然すぎる。

覚悟をする時間さえ、いじわるな師匠はくれないようだ。

「泣き虫だな、サムは。私まで泣いてしまいそうになる。そんなことになったら、魔法が失敗してしまうじゃないか」

ウルは困ったような顔をした。

「私を愛してくれるというのなら、頼む。私のすべてを受け取ってほしい」

「――わかった、わかったよ。俺は、ウルを愛する唯一の弟子として、ウルのすべてを受け入れるよ」

「――いい子だ」

涙を流しながら、それでも師匠の願いを叶えようとするサムに、ウルは安心したような笑みを浮かべた。

サムも負けじと、笑顔を作る。

ウルのために、笑おうと決めたのだ。

「じゃあ、始めよう。なんてことはない、すぐに終わるよ。――継承魔法、発動」

詠唱《えいしょう》もなにもない、小さな呟きが部屋に木霊《こだま》した。

繋いだ手から、温かな魔力がゆっくりと流れてくる。

ウルの魔力がサムの中に入ってくるのがわかった。

魔力だけではない。

ウルの知識が、スキルが、魔力と一緒になってサムの中へと流れ込んでくる。

(――まるでウルとひとつになっているみたいだ)

彼女のすべてが、命が、サムの中に入ってくるような感覚を覚えた。

次に別れが待っているのでなければ、とてつもない幸福感を味わえたはずだ。

だが、継承魔法が終われば、ウルは亡くなってしまうのだろう。

もっと早くに、自分が彼女の体調不良に気づいていれば、違った結末が待っていたかもしれない。

そう考えるだけで、悔しくて涙が溢れ、笑顔が崩れそうになる。

サムは必死に、笑顔を作り続けた。

そして、彼女から流れてくる魔力を受け入れ続け、終わりが訪れたのだった。

「――ふう。継承魔法は成功した。私のすべてはサムに無事継承されたよ。ああ、よかった」

安堵《あんど》した表情を浮かべたウルが、瞳を静かに閉じた。

「ウル?」

「すまない、なんだか眠くなってしまった」

「ああ、疲れたんだね」

ウルに残された時間がもうわずかだということがわかった。

サムの頬を涙が伝う。

もう泣き言は言わないと決めていた。

最愛の師匠を送り出すのに、心配させたくなかったからだ。

ウルは、目を閉じたまま、サムの手を握りしめる。

「立派な魔法使いになってくれ。でもね、魔法だけじゃなくて、サム自身のことも大切だ。私のことなど忘れて、恋をして、愛を育み、家庭を持って幸せになってほしいな」

「ウル以上の人となんてきっと出会わないよ」

「いいや、出会えるさ。私が保証する。サムは、幸せになれるさ」

サムはウルの言葉を受け、彼女の手を力強く握った。

「わかった。俺は幸せになるよ。ウルの分まで、魔法も人生も楽しんで、精一杯生きるよ」

「――いい子だ。それでこそ、サムだ。私の愛しくて、かわいい、愛弟子だ」

ウルは病床とは思えないほど穏やかに微笑んだ。

そんな師にサムが問う。

「ねえ、ウル。俺って、いい弟子だったかな？」

「最高の弟子だったよ。なあ、サム、私はよき師だったか？」

「素晴らしい師匠だったよ。――あなたに会えてよかった。あなたと一緒にいることができてよかった。今までありがとうございましたっ」

今を逃せば二度と言う機会がないと思ったので、サムは嘘偽りのない感謝の言葉をウルに伝えた。

ウルと出会えたことが、どれだけサムにとって幸運だったか。

ウルと過ごした四年間が、どれだけ充実した日々だったか。

サムがウルにどれだけ感謝しているのか、残された時間で伝えきることはおそらくできないだろう。

だから、涙まじりの声で、心からの感謝を伝えた。

「ふふ、こちらこそ、ありがとう。サムと出会えたことに感謝しているよ」

ウルの声から力が抜けていく。

まるで眠りにつくように、ゆっくりと。

「こんな穏やかに逝けるとは想っていなかった。サム、手をもっと強く握ってくれないか？」

「こう？」

「そうだ。ああ、サムの熱をちゃんと感じることができる。あんなに小さかった手も、今では私よりも大きいんだな」

サムの成長を確かめるように、ウルは愛し気に手を握り、もう片方の手で撫でる。

「この温もりは決して忘れない」

「俺もウルの体温を忘れないよ。ウルのことはすべて覚えているから」

「嬉しいが、私のことは忘れるんだ。いいね」

「無理だよ。そんなことできない」

「まったく……しようのない子だ」

小さくため息をつくウルだったが、どこか嬉しそうにも見えた。

弟子のことを思い、自分など忘れて成長してほしいと願っているのかもしれないが、サムにとってウルは特別な存在だ。

忘れられるはずがない。

それが伝わったのか、彼女は困りながらも嬉しそうだった。

「サム……最後にお願いがある」

「なんでも言って」

「私に、キスをしてくれないか？」

返事の代わりに、サムは愛する人に口づけをした。

彼女の唇の感触を覚えていようと、心に刻む。

そして、名残惜しく唇を離した。

「ふふふ、実を言うとファーストキスなんだ」

「俺もだよ。ウルが初めてでよかった」

「私もサムが初めてでよかったよ」

ふたりで小さく笑った。

愛する者同士が心から求め合うような激しいキスではなかったが、お互いの気持ちは十分に伝わった優しいキスだった。

「ありがとう、サム。どうか、幸せになってくれ」

「うん」

彼女の手から力が抜けていく。

「ウル？」

「……幸せに、なって、くれ」

それがウルの最期《さいご》の言葉となった。

ウルは最期までサムのことを想い、逝《い》った。

「ウル！　ウル！」

まるで眠るように息を引き取った最愛の女性に、もう届かないとわかっていてもサムは声をかける。

無論、返事があるはずがない。

しばらく声をかけ続けたサムは、もしかしたらまた返事をしてくれるのではないかと淡い期待をしていたが、彼女が目覚めることはなかった。

「ウル」

最愛の師匠の死を受け入れなければならない。

それがあまりにも辛く、胸が痛い。

涙が止まらず、ぼろぼろと溢れる。

頰を伝い、ウルの手に落ち、濡らしていく。

きっとウルは情けなく泣く自分を望んでいないだろう。

それでも、今はただ泣かせてほしい。

「――おやすみ、ウル。どうか安らかに」

彼女の亡骸《なきがら》に縋りながら、サムは涙を流し続けた。

こうして心から愛したウルとの別れが訪れたのだった。

×　×　×

ウルを失った日、涙が枯れるまで泣き続けたサムは、彼女の残した遺書を見つけた。

ひとつは自分宛《あて》に、他にも家族に宛《あ》てられたと思われるものがあった。

サムは、自分に残された遺書を読む。

「――ウルリーケ・シャイト・ウォーカー」

それが、ウルの本名であることを知った。

第２章

運命の出会いです

ウル・シャイトとは魔法使いとして活動しているときの、彼女の名。

いわゆる魔法名だった。

魔法名とは一部の魔法使いが使う通り名のようなものだ。

ウルはスカイ王国王都に屋敷を持つ、ウォーカー伯爵家《はくしゃくけ》の長女だった。

病気がわかり、家族になにも言わず飛び出したと遺書には書かれていた。

遺書に残されていたのは彼女の願いだ。

ウルの亡骸を、家族のもとへ届けてほしいというものだった。

もちろん、彼女の願いを受け入れた。

他にも、ウルの魔法名である『シャイト』の名を、サムの家名にして使ってほしいという願いもあった。

頼まれるまでもなく、サムはそのつもりだった。

最愛の人が与えてくれた名を捨てるわけがない。

あの日、出会って弟子にしてくれたときから、サミュエル・シャイトなのだ。

そして、これからも。

遺書にはさらに、サムには語らなかったウル自身の過去が書かれていた。

スカイ王国の宮廷魔法使い第三席であったことをはじめ、サムの知らなかったウルの様々な過去を知った。

「俺って、ウルのこと、なにも知らなかったんだな」

ウルは自分のことを語らなかったが、サムも聞こうとはしなかった。

毎日が楽しくて、ウルと一緒にいるのが当たり前だと思い込んでいたから、彼女の過去を気にすることはなかった。

自分から聞かなくても、いつか話してくれる日がくると信じていた。

しかし、実際は、そんな日は訪れず、残された遺書で彼女のことを知ることになってしまった。

こんなことになるのなら、彼女に尋ねればよかった。

ウルの口から、彼女が何者であるのか、どんな人生を送ってきたのか聞きたかった。

サムは、たった一言を言うことができなかったことを悔《く》いることしかできない。

「ちくしょう、また涙が出てくるじゃないか」

ウルを想うだけで、枯れたと思っていた涙が湧き上がってくる。

ウルが恋しい。

また声を聞きたい。

彼女の温もりを味わいたい。

だが、もう無理であることを思い知っているので、涙が止まらなかった。

サムは泣きながら手紙を読んだ。

何度も繰り返し読んだ。

ウルは、自分のことは簡単にしか書き残してくれなかった。

他はサムとの思い出や、サムを案じることばかりが書かれていた。

きっとウルにとってサムはまだ手のかかる弟子だったに違いない。

最期まで自分を案じてくれた師に心から感謝する。

そして誓うのだ。

「俺はこのまま足を止めないよ、ウル。約束したように立派な魔法使いになるから。魔法も、人生も、ウルの分まで精一杯楽しむから」

ウルの望みを叶えよう。

そして、いつか再会したときに褒めてもらうのだ。

「だから、俺のことを見守っていてくれ」

サムの中には、ウルの魔力、魔法、スキルが宿っている。

彼女は今でも、サムの中にいて、寄り添ってくれているのだ。

彼女はサムが自分のことを忘れることを願ったが、そんなことできるはずがない。

最高の師匠で、恩人で、最愛の人をそう易々《やすやす》と忘れることなどできるわけがない。

ウルが誇れるような魔法使いになろう。

彼女が願った、立派で最強の魔法使いになろう。

目標を決めたサムは、手紙を懐《ふところ》に忍《しの》ばせ立ち上がる。

いつまでも泣いてはいられない。

「ウル」

サムは、静かに眠るウルの頬に口づけをすると、彼女を氷魔法で覆った。

王都までの道中、彼女の亡骸が痛まないようにするためだ。

ウルをシーツで覆うと、彼女の残した遺書と私物を、引き継いだアイテムボックスに収納した。

「ウルを家族に届けないと」

優しく、慎重にウルを抱き抱えたサムは、部屋を出ていく。

すでに夜中になってしまったが、サムは王都に向かって歩き出した。

なにかしていないと、またウルを思い出し涙してしまいそうだったから。

一刻も早く、ウルを家族のもとへ届けたかったから。

サムは休むことなく、王都を目指すのだった。

第3章

ウルの家族と会いました

episode.03

Yzure saikyou ni itaru tensei mahou tsukai

一週間後、サムはスカイ王国王都にあるウォーカー伯爵家《はくしやくけ》の屋敷の前にいた。

「ここがウルの生まれ育った家か」

最愛の師匠の亡骸《なきがら》を丁寧に抱き抱えたサムは、ウルの生家を見上げていた。

伯爵家の屋敷だけあって、それ相応の敷地と建物だ。

三階建ての屋敷と、花々が咲き誇る花壇、そして噴水が見える。

屋敷を覆うように、塀も設けられていた。

屋敷の門から見える建物は、サムの実家であるラインバッハ男爵家《だんしやくけ》が霞《かす》むほどだ。

「ラインバッハ家は二階建ての普通の家だったしな」

田舎なので庭こそ広かったが、伯爵家ほど華やかではなかった。

辺境の田舎貴族と、王都に住まう都会貴族の差を見た気がした。

「とにかくウルのご家族に会わないといけないいんだけど、どうしよう。ノックすればいいのかな?」

「おい、貴様!」

伯爵家を窺っていると、門番と思われる兵士が一名現れ、サムに声をかけてきた。

「何者だ！　ここがウォーカー伯爵家の屋敷と知っているのか！」

(よかった。この人に取り次いでもらえばいいのか)

サムは門番に軽く頭を下げた。

第3章
ウルの家族と会いました

「存じています。俺は、ウルリーケ・シャイト・ウォーカー様の弟子の、サミュエル・シャイトと申します。ウォーカー伯爵家のご当主と会わせていただきたいのです」

「お前のような子供が、ウルリーケ様の弟子だと？」

「はい」

「あの方は、五年前に出奔《しゅっぽん》なさってから行方《ゆくえ》知れずだぞ！」

「そのウルリーケ様とずっと一緒にいました」

すでにサムは、ウルが病気を隠すため、そして後継者を探すために、家族になにも言わずに家を出たことを知っている。

が、門番がそんなことを知る由もなく、サムを怪訝そうに見ている。

「ならばウルリーケ様はいずこに？」

「亡くなりました」

「……なんだと？」

「俺が看取りました。ご遺体と、ご家族へのお手紙を預かっています」

門番の視線が、サムの腕に向く。

そして、震える声を出した。

「ま、まさか、お前が抱き抱えているのは」

「ウルリーケ様です」

「――っ、ま、待て！　ご当主様に報告する！　だが、事が事だ、お前を信じていいのかどうかわからん。まず、お前がウルリーケ様の弟子だという証拠はあるのか？」

「ウルリーケ様が残した遺書でよければ」

「わかった。そちらをご当主様たちにお届けし、確認してもらおう」

「お願いします」

サムはウルの亡骸を抱き抱えたまま、懐から彼女の残した遺書を取り出し、門番へ手渡した。

「確かに預かった。あと、お前が本当にウルリーケ様の弟子かどうかもわからん。言いたくはないが、弟子を語る詐欺師《さぎし》かもしれん。悪いが、拘束させてもらう」

「もちろんです。抵抗はしません。どうぞ」

「協力に感謝する。では、まず……そちらのご遺体を預かろう」

門番がウルの亡骸を預かろうとするも、サムは一歩引いた。

彼女を不用意に渡してしまっていいのか悩んだのだ。

「丁重に扱うことを約束する。私は昔からウォーカー伯爵家の門番だ。ウルリーケ様のこともよく存じている。だが、まさかお亡くなりになるとは……できることなら間違いであってほしいと思っている」

「俺も、嘘であればいいと思っています」

サムは門番を信じ、ウルを引き渡した。

彼女の重みが腕からなくなると、喪失感が襲いかかってくる。

本当に彼女を失ったんだと、また思い知らされた気分だ。

「しばし待っていろ。まず、ご遺体と遺書を届けてくる」

「はい」

門番が屋敷の中に戻り、数分で戻ってきた。

「待たせたな。では、拘束させてもらう。後ろを向くんだ」

「はい」

門番に従い、サムは後ろを向いた。

両手首に枷《かせ》がはめられる。

「しかし、ご遺体を持ったままでよく王都の中に入ることができたな？　衛兵たちは調べなかったのか？」

「強行突破しました」

「――――な」

「ですから、俺の言っていることが嘘ではないと証明されたら、俺のことを追っている衛兵たちへのとりなしをお願いします」

サムはウルの亡骸を不用意に晒《さら》したくなかった。

しかし、王都を守る衛兵たちがそれを許すはずもなく、力づくで突破してきたのだ。

今頃、衛兵たちは許可なく王都に侵入したサムを血眼《ちまなこ》になって捜しているだろう。

「そ、そんな、馬鹿なことが……いや、ウルリーケ様の弟子ならそのくらいできるのか？」

門番が驚きと呆《あき》れを含んだ声を出した。

「わかった。それに関してもご当主様にお伝えする」

「ありがとうございます」

「ではいくぞ」

拘束されたサムは、門番に連れられてウォーカー伯爵家の敷地に足を踏み入れたのだった。


一時間後。

サムは、拘束を解かれウォーカー伯爵家の客間に通されていた。

彼を部屋の中で待っていたのは、整った顔立ちの四十代半ばほどの男性と、三十代後半に見える亜麻色《あまいろ》の髪の女性だった。

敬愛する師匠の両親であることはすぐにわかった。

両者とも雰囲気がウルにどことなく似ているからだ。

第３章

ウルの家族と会いました

どちらも目を赤く腫《は》らしている。

ウルの亡骸と遺書の確認をしたと思われる。

（――ふたりがウルの）

ふたりは、サムが部屋の中に入ると、椅子から立ち上がり深々と頭を下げた。

「サミュエル殿。私の娘の亡骸と遺書を届けてくださったことに心から感謝する」

「どうもありがとうございました」

「お顔を上げてください。弟子として当然のことをしただけです」

「それでも感謝の言葉しかない」

サムに感謝の言葉を伝えたふたりは、ゆっくりと顔を上げた。

「さあ、座りたまえ。君とはいろいろ話がしたい」

「はい」

促されて、サムはふたりが椅子に座ったのを見届けてから、腰を下ろす。

「まず自己紹介をさせてもらおう。私は、ジョナサン・ウォーカーだ。ウォーカー伯爵家の当主をしている」

「わたくしはグレイス・ウォーカーです」

「はじめまして。サミュエル・シャイトと申します。どうぞ、サムとお呼びください」

サムは名乗り、頭を下げる。

すると、ふたりは少し驚いた顔をした。

「シャイト……偶然かな、娘の魔法名もシャイトだった」

「ウル、いえ、師匠から家名としていただきました」

「そうか。ウルリーケはよほど君のことを気に入っていたようだな」

「そうであれば嬉しく思います」

ジョナサンはサムの顔をまじまじと見つめた。

そして、ふう、と疲れたようにため息をつく。

「あの破天荒《はてんこう》な娘が弟子をとってかわいがっていたのにも驚いているが、まさか病に冒《おか》されていたとは知りもしなかった。親として情けない限りだ」

「娘の最期はサム殿が看取ってくださったとか？」

「はい。もっと早くに師匠の病に気付いていれば、無理やりにでも王都に連れてきていたのですが、申し訳ございません」

「君が謝る必要なんてなにもない。むしろ、感謝しかない。君のおかげでウルリーケの葬儀ができるし、墓にも入れてやれる」

「そう言っていただけると助かります」

ジョナサンもグレイスも涙をハンカチで拭いながら、サムに改めて礼を言った。

サムも気を抜けば涙がこぼれてしまいそうだった。

「すまない。どうしても、まだ娘の死を受け入れるのは難しい」

「心中お察しします」

「ありがとう。話は変わるが、君についてだ」

「はい」

「娘の残した遺書には、君のことがたくさん書かれていた」

「……そうでしたか」

「君がとても優秀な魔法使いであること、娘の魔法を継承したこと、そして、娘が君を愛していたことも」

「私も師匠のことを心から愛していました」

すでに伝わっているのなら、隠してもしかたがないのではっきりと告げた。

ウルへの想いを偽ったりはしたくない。

責められることを覚悟しつつ、サムは正直に答えた。

「……こんなことを尋ねるのは非常に躊躇《ためら》われるし、君を傷つけるかもしれないが、聞かせてくれ。ウルリーケと君の間に男女の関係はあったのかね？」

「いいえ、ありませんでした」

「すまないね。デリカシーのないことを聞いてしまった。ただ、君たちがどれほどの関係だったのか知りたかったのだよ」

「お気になさらないでください。俺は師匠のことを愛していましたが、それを伝えることができたのは最期のときでした」

「そうだったのだね」

「師匠との関係は、図々しく言わせていただけるなら、家族です」

「――そうか。家族か」

実の家族を目の前にして、ウルを家族と呼んだサムに、ジョナサンたちが不快感を表すことはなかった。

サムは、少しほっとする。

もしかしたら、自分たちの知らないところで娘の弟子になっていたサムを快《こころよ》く思っていないかもしれないという懸念《けねん》もあったのだ。

今のところ、ではあるが、ふたりからそれらの感情は伝わってこない。

「あの子が寂しくないようでよかった」

「本当に。サム殿がそばにいてくださり、娘も喜んでいたでしょう」

「そうであれば、俺も嬉しいです」

「さて、君は娘からすべてを受け継いだという」

「その通りです」

「正直に言うと、魔法を継承させるという技術を娘が使えたことに驚きを隠せない。君は

第３章
ウルの家族と会いました

娘のなにを受け継いだのだね？」

ジョナサンの疑問もよくわかる。

ウルからすべてを継承したサムでさえ、いまだにそんな技術があったことを信じられずにいるのだから。

「師匠の魔法、魔力、知識、そしてスキルを受け継ぎました」

「――すべてか？」

「はい。まだ使いこなすことはできませんが、すべて受け継ぐことができました」

「まさか、そんなことが本当にできるとは。学会で発表したら大事《おおごと》になるぞ」

ジョナサンに動揺が浮かんでいた。

「あなた、今はそれよりも」

「そうだったな。すまない。サム殿」

話の方向が変わりそうだったところを妻に窘《たしな》められたジョナサンが咳払《せきばら》いし、話を戻す。

「はい」

「君は、娘から受け継いだ力をもって、これからどうするのかな？」

「しばらく王都にいるつもりです。すべきことがありますから」

「すべきこととは？」

問われたサムは、自分のすべきことをはっきりと告げた。

「師匠を超える最強の魔法使いになります」

サムの無謀《むぼう》とも取ることのできる発言に、ウォーカー夫妻は大きく目を見開いて唖然《あぜん》とした。

「……そ、それは大きな目標だ。しかし、その、難しいのではないかと思う。君には、なにかプランがあるのかね？」

「まず、この国の宮廷魔法使いを目指そうと思っています」

「なるほど。ウルリーケも宮廷魔法使いだった。あの子のいた高みを目指すと言うのかね？」

「はい。ですが、それは通過点です。宮廷魔法使いとなり、この国で一番の魔法使いとなり、次に大陸最強を、そして世界最強を目指します」

「そ、それは壮大だ」

「師匠が残してくれた魔法を継承する身として、このくらいはすべきことだと思っています」

亡き師匠と再会したときに、「よくやった」と褒めてもらえるように、サムはウルをも超える魔法使いを目指すことにした。

無理だ、とは考えない。

最初から高い目標であることはわかりきっている。

ならば、マイナスなことを考えず、常に前向きに歩んでいくだけだ。

だが、ウォーカー夫妻には誇大妄想に聞こえたかもしれない。

ふたりとも戸惑いが強く表れている。

サムは咳払いをすると、

「とりあえず宮廷魔法使いを目指すので、しばらく王都に滞在するとお考えください」

本心はともかく、ふたりの理解の許容範囲内のことを言っておくことにした。

「君の目的はともかく、しばらく王都を拠点として活動するということでいいのかね？」

「はい」

「ならば、王都にいる間は、この屋敷で生活するといい」

「よろしいのですか？　ご迷惑になるのでは？」

今度はサムが戸惑う番だった。

いくらウルの弟子とはいえ、見ず知らずの子供を気にかけてもらえるとは思いもしなかった。

ウォーカー夫人がサムに微笑む。

「実は、娘からサム殿のことを頼むとお願いされているのです。どうか、わたくしたちにあなたの面倒を見させてください」

「しかし」

「それにサム殿はまだ成人もしていない子供ではありませんか。そんな子を外に放り出すことはできません」

グレイスははっきりとそう言った。

貴族だから、ウルの弟子だからではなく、良識あるひとりの大人としてまだ子供であるサムを放置することはできなかったのだ。

彼女の優しさを受け、やはりウルの母親だと涙が出そうになった。

ウルも厳しく、傲慢な一面もあったが、根っこは優しかった。

彼女の家族と接すると、ウルが恋しくてならない。

「サム殿、ただ施しを受けることに抵抗があるというのなら、我が一族の専属魔法使いになるというのはどうだろうか？」

「俺が、ですか？」

「娘から君の才能と実力は伝えられている。あの子が太鼓判《たいこばん》を押すほどの魔法使いであるのなら、他の家に奪われるのも惜しい。どうだろうか？」

「宮廷魔法使いを目指すのであれば、実力はもちろんですが、後ろ盾も必要になります。幸い、我が家は魔法使いの血筋ですし、伯爵位も授かっていますわ。それに夫は国に仕える魔法軍の第一部隊副隊長を務めています。後ろ盾になるにはちょうどいいのではないでしょうか」

ウォーカー夫妻の提案は魅力的だった。

王都に知り合いがいないサムは、行く当てがない。

さらに、宮廷魔法使いを目指すにあたり、ウォーカー伯爵家が後ろ盾になってくれるのはありがたいことだった。

目的に近づくことになる。

「もちろん、君の実力を確かめさせてもらわなければならないだろうし、宮廷魔法使いにふさわしい力を示してもらうことになるだろう。どうだろうか、私たちに君の手伝いをさせてもらえないかな？」

「あの、なぜそこまでしてくださるのでしょうか？」

サムのもっともな疑問に、夫妻は顔を見合わせてから、少しだけ悲しげに微笑んだ。

「君がウルリーケの最初で最後の弟子であり、娘の残した頼みが君の力になってあげてほしいというものだったから。親として、娘の最後の願いくらい、叶えてやりたいんだ」

ふたりが、本当にウルを心から愛していたのだとわかる。

こんなどこの馬の骨ともわからない子供を迎え入れるなど、簡単なことではないのだ。

しかし、ウォーカー夫妻は娘が最後に残した言葉と、娘の弟子を受け入れることにした。

おそらく、それが娘の供養《くよう》になると思っているから。

娘の憂いを取り除き、安らかに眠ってほしいと心から願っているから。

サムは、ウォーカー夫妻の気持ちを察し、そしてウルが最後の最後まで自分のことを気にかけてくれていたことに感謝した。

「お世話になります」

サムは伯爵夫妻に深々と頭を下げたのだった。

「そうと決まれば、この屋敷で暮らすのなら娘たちを紹介しておこう」

「ご息女たちですか？」

「そうだ。ウルリーケの妹たちになる」

ウルの妹と言われ、サムに緊張が走った。

彼女たちは、自分のことをどう思うだろう。

姉との最後の時間を奪ってしまった自分に、なにか思うところがないかと不安になる。

「娘たちを呼んでくるように」

「かしこまりました」

ジョナサンが命じると、部屋の中で待機していたメイドのひとりが一礼して出ていく。

「娘たちが来るまでお茶にしよう。客人にもてなしもしていなかったな、すまない」

「いえ、お気になさらないでください」

第3章

ウルの家族と会いました

メイドが紅茶を用意してくれたので、礼を言って喉を潤していると、部屋の外から足音が近づいてくるのがわかった。

短く扉がノックされ、ジョナサンが許可を出すと、メイドに連れられて三人の女性が部屋に中に入ってきた。

(――この人たちがウルの妹たち……うん、どことなく、ウルの面影があるかな)

紹介されずともすぐに姉妹だと分かった。

「サム殿、紹介しよう。まず、次女のリーゼロッテだ」

「はじめまして、リーゼロッテよ。リーゼと呼んでね。お姉様のこと、ありがとう」

そう言って、優しく微笑んでくれたリーゼロッテは、ブロンドのストレートヘアーをひとつに結ってポニーテールにした快活そうな美人だった。

年齢は二十歳ほどだ。

他の姉妹がスカートを身に着けているのに対して、ズボンを穿いている。

男装――というわけではないようだが、快活そうなリーゼによく似合っていた。

「次に、三女のアリシアだ」

「あ、あの、アリシアです」

言葉短く挨拶をしたのは、三女のアリシアだった。

サムよりも少し年上に見える彼女は、柔らかな癖のあるブロンドヘアーを伸ばした美少女だった。

少し気の弱そうな印象があるものの、わずかに見せてくれた笑顔は柔らかく、安心感を与えてくれるような人だった。

「すまないな、サム殿。アリシアは少々男性が苦手なのだ」

「いえ、気にしません。よろしくお願いします」

「は、はい」

父親の補足説明が入り、納得した。

男性が苦手なアリシアだけ、他の姉妹に比べて一歩サムと距離が空いている。

おそらく、初対面の男性に戸惑いを覚えているのだろう。

「最後に、四女のエリカだ」

「…………」

「エリカ。挨拶をしなさい」

「……あたしはエリカよ。――あんたがウルお姉様の後継者だなんて認めないんだから」

父に言われ、渋々《しぶしぶ》挨拶《あいさつ》をしたのは、四女のエリカだった。

亜麻色の髪をショートカットにした勝気な雰囲気の美少女だ。

「おほん。エリカはサム殿のひとつ年上の十五歳だ。魔法も使える。いろいろ話が合えばいいのだが」

「お父様、あたしはこんな奴と話をするつもりなんてないから」

「――エリカ。彼は我が家の大切なお客であり、恩人だぞ。失礼な口を利くな」

「お父様になにを言われても、こんな冴《さ》えない男がウルお姉様の後継者だなんて絶対に認めないから！」

エリカはサムを睨《にら》み、そう言い残すと、そのまま退出してしまう。

「ごめんなさいね。エリカはウルお姉様に憧れていたから、弟子としてかわいがられていたあなたに嫉妬《しっと》しているのよ」

末の妹のフォローをしてくれたのはリーゼだった。

大人しい性格のアリシアなどは、どうしていいものかとあたふたしている。

「いえ、お気持ちもわかります」

ウルは素晴らしい魔法使いだった。

家族からも自慢の長女だったのだろう。

そんなウルが、見ず知らずのサムを弟子とし、最期を看取らせて後継者にしたのだ。

おもしろくないと思ってしまうのも無理はない。

むしろ、その通りだ。

まだサムはウルの弟子として、後継者として、なにも実績を残していない。

認めてもらうのはこれからだろう。

「あまりエリカのことを嫌いにならないであげてね」

「そんな風に思ったりしません」

別に、サムはエリカの態度を悪く思わなかった。

むしろ、機嫌の悪いときのウルを思い出してしまい、つい笑みが浮かんでしまう。

エリカだけではない。

快活そうなリーゼにもまた、生き生きと魔法を使うウルの面影があった。

（やっぱり姉妹だな、とてもよく似ている）

ウルは亡くなってしまったが、彼女のすべてが消えてしまったわけではない。

彼女の家族たちと出会い、そう思うことができたサムは、少しだけ心が軽くなるのを感じた。

ウルを失った喪失感が、少しだけ癒やされた気がしたのだった。


エリカに嫌われてしまったものの、ウォーカー伯爵家の娘たちの自己紹介が終わると、リーゼが部屋に案内してくれることになった。

「この部屋を自由に使ってね。あと、お風呂とかは使用人に言ってくれれば使えるから、いつでもどうぞ」

「ありがとうございます」

「いいのよ、お礼なんて。お姉様の弟子なら、私たちにとっても家族同然でしょう」

「――っ、ありがとうございます」

家族同然と言ってくれたリーゼに、サムは涙ぐんでしまう。

愛する亡き師匠の家族に受け入れてもらったことは、サムにとってありがたいことだった。

「だから、お礼なんて言わなくていいのよ」

「すみません。つい」

「ふふ、いいのよ。ねえ」

「はい？」

「大丈夫？」

突然、そう問われてサムは戸惑った。

リーゼがなにを指して「大丈夫？」と聞いてきたのかわからなかったからだ。

返事ができずにいるサムの両頬に、リーゼがそっと手を触れる。

「あ、あの？」

「お姉様を亡くして、ちゃんと泣いた？　我慢してない？」

「……はい。ちゃんと悲しんで、泣きました。我慢なんてしていませんよ」

「なら、よかったわ。あなたは子供なのだから、泣きたいときには泣いていいのよ」

「俺なんかよりも、リーゼロッテ様たちのほうが」

「お父様とお母様は悲しんでいるし、泣いてもいたけど、私はあまり悲しくないの。ちょっと不謹慎《ふきんしん》よね」

「なぜですか？」

家族を喪《うしな》って悲しくないわけがないと想う。

リーゼこそ無理をしているのではないかと心配になる。

「お姉様はきっと満足していたと思っているからかしら」

「どうしてウルが満足していたって？」

「あのお姉様ですもの。満足していなかったら、意地でも死んだりするものですか。あなたという後継者がいて、楽しい四年間を過ごせたのだから、きっと思い残すことはなかったでしょう。だから、私は悲しまずに、お姉様を見送りたいの」

「リーゼロッテ様」

彼女のことを強い人だと思う。

自分にはとても真似できそうもない。

「もう、リーゼと呼んでって言ったでしょう。お姉様がかわいがっていたあなたのことをこれからは弟だと思うようにするわ。姉妹だけだったから、ずっと弟が欲しかったの」

そう言って微笑むリーゼは、とても優しげで魅力的に映った。

ウルとはまた違う、でもどこか似ている、そんな笑顔だった。

「あ、ごめんなさい。私はお姉様をよく知っているからこうして平気だけど、あなたは悲しいわよね。そんなときに不謹慎だったわよね」

「いいえ、そんなことはありませんよ」

「そう？　ならよかったわ。これからはあなたのことをサムと呼ばせてね」

「はい、リーゼロッテ様」

「もうっ、だからリーゼと呼んでと言ったでしょう」

「そうでした。はい、リーゼ様」

少し躊躇いがちに愛称で名を呼ぶと彼女は苦笑した。

「できれば、様、なんてつけないで呼んでほしいけど、それは追い追いね」

「そんな、恐れ多いです」

「いっそ弟らしくお姉様って呼んでもいいのよ？」

そんなことを言うリーゼは悪戯《いたずら》っ子《こ》のような笑みを浮かべていた。

「あまりサムのことを困らせてもかわいそうだから、今日はこのくらいにしておいてあげるわね。じゃあ、今日はしっかり休んでね」

「ありがとうございます」

「機会があれば、お姉様とどんな時間を過ごしたのかも教えてね」

「もちろんです。ぜひ、お伝えします」

「楽しみにしているわね。じゃあ、またね」

リーゼは手を振り去っていく。

彼女の背中を見送ったサムは、与えられた部屋の扉を静かに開ける。

そして、驚いた。

「うわぁ……さすが伯爵家。ど田舎の男爵家と比べたら失礼なくらい部屋が豪華だ」

ラインバッハ家も決して貧乏ではなかったが、ウォーカー家と比べると実に差がありすぎた。

ウルと旅をしていたときでさえ、日の国の王家の来賓《らいひん》として招かれたとき以来、こんな豪勢な部屋で寝泊りしたことはない。

整えられたベッドに横たわっていいものかと悩んでしまうサムだったが、一週間休みなく王都を目指した疲れが溜まっていたので、少し休みたかった。

ウルの亡骸を、無事に家族に引き渡せて安心したことから、今になって身体が休みを求めている。

せめて身を清めてからと思ったが、結局睡魔に負けて、ベッドに倒れてしまった。

目を閉じると、すぐにサムは夢の中に旅立ってしまう。

不思議と、眠りは穏やかだった。

第３章

ウルの家族と会いました

最愛の人を失い、悲しみを忘れるように行動していたサムを、暖かく、そして親切に受け入れてくれたウォーカー伯爵家のみんなのおかげだろう。

夢現《ゆめうつつ》の中で、サムはウルの家族に感謝する。

そして、その日見た夢の中で、ウルが自分に「ありがとう」と言った気がした。

第4章

リーゼ様が師匠になりました

episode.04

Izure saikyou ni itaru tensei mahou tsukai

サムがウォーカー伯爵家《はくしやくけ》に滞在して一週間が経過した。

その間に、ウルの葬儀が行われた。

葬儀はサムとウルの家族のみの慎《つつ》ましいものだった。

元宮廷魔法使いであったウルは王家の覚えもよかったことから、お悔《く》やみの言葉が届けられた。

他にも生前、親交があった魔法使いたちも、ウルの死を知り悲しんだ。

「サム殿も大変だっただろう。しばらくゆっくり休みなさい」

ウォーカー伯爵家当主のジョナサンに気遣われたサムは、この一週間、間借りしている部屋で大人しくしていた。

ウルから受け継いだ魔力を感じ取る訓練や、彼女の知識、魔法、そしてスキルをどれだけ使いこなせるのか確認する作業を繰り返していた。

時折、伯爵夫人のグレイスや次女リーゼがお茶に誘ってくれたり、生前ウルが使っていた部屋に案内してくれたりもした。

ウルの部屋の鍵を渡され、自由に出入りする許可をもらったので、時間があるときは彼女の部屋に行き、ウルを思い出すことにしている。

興味深かったのは、ウルが集めていた魔導書や魔導具だ。

コレクターだったのか、結構な数が本棚にぎっしりと置かれていた。

第4章

リーゼ様が師匠になりました

また彼女の部屋には大量のウイスキーと煙草《たばこ》があった。

サムと出会ったころは病魔に冒《おか》されていたので、酒も煙草も断っていたようだが、聞けば、かなりの酒豪でヘビースモーカーだったらしい。

ウルの知らない一面を知ることができたことに感謝した。

そんな一週間はあっという間だった。

「……はぁ」

サムは部屋の中でため息をついていた。

その理由は、この一週間で、自分がウルから受け継いだものの半分も使えないことを知ったからだった。

まだ十四歳という歳若く成長過程のサムでは、才能に溢《あふ》れ成熟した魔法使いだったウルのすべてを使いこなすには未熟すぎたのだ。

そもそも、サムはまだ自分の魔法も十全に使いこなせているわけではない。

そんな状態で、一国の宮廷魔法使いの地位にいた優れた魔法使いの技術を使えるはずがないのだ。

「アイテムボックスは問題なく使えるな」

幸い、継承したウルのスキルは使いこなすことができる。

といっても、亜空間に物を入れたり出したりするだけなので使えないはずがない。

いろいろ試してみた結果、アイテムボックスに入れたものは、保存状態がそのまま維持されるということがわかった。

例えば、熱々の紅茶を水筒に入れてアイテムボックスに放り込んでおけば、いつでも熱々の紅茶を楽しむことができる。

これは食料の保存にも適していると思われた。

逆に、ワインやウイスキーのように、時間をかけて熟成させている途中のものには向いていない。

もちろん、酒類でも完成した商品を保存しておくのなら問題ない。

「アイテムボックスって便利だな。さすがファンタジー世界の王道的なスキルだ」

アイテムボックスさえあれば、異世界を巡る冒険は楽になるだろう。

実際、ウルと旅していたときは彼女に荷物を預けるだけでよかったので、楽だった。

「ウル、ありがたくアイテムボックスを使わせてもらうよ」

最愛の師匠に感謝しながら、スキルだけではなく継承した魔法も早く使いこなせるようになろうと誓う。

いまだ未熟なことに恥じ入るばかりだが、目標ができたことはいいことだ。

最終目標は最強の魔法使いだが、その前にウルの魔法を十全に使えるようになろう。

それが自分の成長でもあり、ウルの願いでもあり、なによりも最強に近づく一番の道だ

第４章

リーゼ様が師匠になりました

と思えた。

そんなことを考えていると、部屋の扉がノックされる。

「はい」

「リーゼよ。入っていいかしら？」

「もちろんです。どうぞ」

サムは扉に駆け寄り、リーゼを部屋の中に招いた。

訪ねてきたリーゼは、いつもと変わらないパンツルックだったが、いつも以上に動きやすそうな格好をしていた。

「リーゼ様？」

「あのね、葬儀のあとにお姉様が残してくれた手紙を読んだの。そこにね、サムのことを鍛《きた》えてあげてほしいって書かれていたわ」

「リーゼ様が俺を、ですか？」

サムの記憶が正しければ、リーゼは魔法使いではない。

ならば、彼女からなにを鍛えてもらうというのだろうか。

「サムは剣術の才能がないんですってね」

「残念ながらそうみたいです」

もっと正確に言うと、武器武具全般が壊滅《かいめつてき》的に使えない。

「でも、体術ならなかなかやるみたいじゃない」

「はい。ウルから実戦形式で叩き込まれましたから」

「お姉様はサムのことが本当にかわいかったのね。あなたのことばかり書いてあったわ。そして、心配もしていたの」

「ウルが、俺を心配ですか？」

リーゼが頷く。

「お姉様は魔法ではとても優れていたけど、体術は魔法ほどじゃないわ。魔法抜きで戦えば、私のほうが強いもの」

「――――え？」

思わず耳を疑った。

サムの知る限り、ウルは魔法を使わなくても強かった。

特別な流派や型などの武術を学んだわけではないが、あくまでも戦闘に必要な実戦によって培《つちか》われた強さがあった。

その実力は、身体強化魔法を使ったサムが容易《たやす》く捻《ひね》られるほどだ。

そんなウルよりも強いと言う、リーゼの実力がどうしても想像できなかった。

「お姉様の願いはひとつだけよ。魔法は託《たく》したから、それ以外の戦い方を私に叩き込んでほしいとのことよ」

第4章

リーゼ様が師匠になりました

「えっと、つまり？」

戸惑うサムに、リーゼは生き生きとした笑顔を見せた。

「今日から私もあなたの師匠よ。さ、庭に行きましょう」


サムはボロボロになって、ウォーカー伯爵家の庭にうつ伏せで倒れていた。

身体中が痛い。

（ば、化け物だ）

指を動かすだけで、身体中に激痛が走る。

「あら？　もうおしまいなの？」

サムを木刀一本で容赦《ようしゃ》なく叩きのめしたのは、ウォーカー伯爵家の次女リーゼロッテだった。

彼女は、魔法なしならサムが敬愛するウルより自分のほうが強いと豪語《ごうご》するだけの実力を有していた。

（ウルとだって、それなりに戦えていたのに……嘘だろ）

ウルが規格外の魔法使いであるのなら、リーゼは規格外の剣士だった。

最初はお互いに徒手空拳で戦い、手も足も出ず。

続いて、サムは身体強化魔法を使うことを許可され、リーゼは木刀を構え、やはり手も足も出なかった。

ウルと過ごした四年間で、魔法だけではなく、戦闘全般で強くなったという自負があったサムは、自信を容赦なく叩き折られてしまった。

汗と泥に塗《まみ》れて荒い呼吸を繰り返すサムに対し、リーゼは汗ひとつかいていない。

ふたりの実力差はあまりにも大きかった。

（……動くだけで痛い……あばらや腕にヒビくらい入っているかもしれない）

サムは手加減などしなかった。

ウルという強い女性を師匠に持っていたのだから、今さら女性と戦えないなんて中途半端なフェミニストを気取るつもりはない。

リーゼを相手にしても、最初から倒すつもりで戦った。

しかし、結果はこれだ。

「ねえ、サム。回復魔法は使える？」

「……少しなら」

「じゃあ、使ってもいいわよ。続きをしましょう」

（しかもウルと同じくらい厳しい）

痛む身体に回復魔法をかけると、立ち上がり、拳を構える。

「よろしい。じゃあ、いくわよ」

返事をするよりも早く、リーゼの姿が消えた。

「――っ」

目を離したわけではない。

単純に目で追うことのできない速度で動かれてしまったのだ。

しかし、サムも多くの経験を積んできた身だ。

すぐにリーゼの姿を見つけるが、時すでに遅し。

彼女は、木刀を振りきっていた。

刹那、身体が宙を舞った。

「ギリギリで私の姿を追えるけど、身体が反応しきれていないみたいね」

そんなリーゼの声を聞きながら、サムを激痛が襲う。

一拍《いっぱく》空いたあと、地面に背中を打ち付けて肺から空気が漏れる。

「――かはっ」

サムにはリーゼの剣筋がまるで見えなかった。

彼女は速く、鋭い。

「いい目を持っているみたいだけど、まだまだ甘いわね。ちゃんと私の剣を追えるようになるには時間が必要ね」

「……はい」

「しばらく続ければ、私の剣をかわすか受けるくらいはできるようになると思うわ。それができるようになったら、手加減をやめるからもっと本格的にやりましょう」

(――これで手加減とか、規格外すぎる)

「……リーゼ様は、お強いですね」

「ありがとう。これでも、一応、剣聖様の弟子だったもの」

「剣聖様、ですか？」

痛む身体を押さえて、立ち上がりながらサムはリーゼに問うた。

「あら、知らないの？　この国で一番の剣士に贈られる称号のことよ。そうね、魔法使いなら宮廷魔法使いのようなものね」

「そんな称号があるんですね」

「宮廷魔法使いと違うのは、剣聖になると自分の道場を開くことができることね。私も、そこに通っていたわ」

「へぇ」

「あとは、王家の剣の指南役や護衛として忙しいと聞くわ」

「最強の剣士の弟子ですか……どおりで強すぎるわけです。確かに、魔法抜きならウルよりも強いでしょうね」

「信じてくれたかしら」

「はい。嫌というほど」

苦い顔をするサムに、満足したようにリーゼが微笑む。

「お姉様とは何度か手合わせをしたことがあるけど、魔法ありでもいい勝負をするわよ」

「それは恐ろしい」

「あら、失礼ね。魔法を放つよりも早く倒せばいいのだから、簡単なことじゃない。速さに自信があれば誰だってできるわ」

リーゼほどの速さを持つ剣士が何人いるだろうか。

（この人、絶対魔法使い殺しだ）

魔法使い殺しとは、魔法使いの天敵を指す言葉だ。

例えば、リーゼのように魔法を使わせてくれない剣士などだ。

「お姉様も簡単に勝たせてくれなかったわよ。戦う度に対策を練ってくるから、私だって負けることは多かったしね」

リーゼ曰く、ウルとの勝負は負け越しているらしい。

「でも魔法使いって羨ましいわね」

「そうですか？」

「そうよ！　身体強化魔法ってずるいわ！　私がそれなりに動けるようになるのにどれくらい時間がかかったと思っているの？　でも、サムなら強化魔法で同じくらい動けるじゃない。ちょっと悔しくなるわね」

「それでもリーゼ様に手も足も出ませんでしたけどね」

「ふふっ、まだサムには負けてあげられないもの。一応、剣聖様の弟子ですからね」

楽しそうに微笑むリーゼ。

きっと彼女は剣が好きなのだろう。

生き生きとしている様子は、魔法を使うウルとそっくりだ。

「私には魔力がないけど、ご縁があって剣聖様の弟子になることができて、充実した日々を送れたの。ありがたいことに、剣の才能があったみたいね」

「俺は剣がまるで駄目なので羨ましい限りです」

「そうみたいね。だからといって、我が子を虐《しいた》げるなんてひどい親もいたものね」

「……そこまでご存知でしたか」

「気を悪くさせたのならごめんなさい。お姉様からの手紙で、少しだけね」

すまなそうにするリーゼに、気にしていないとサムは首を振った。

実家とはすでに縁は切れているし、過去のことを気にしてなどいられない。

今はただ魔法使いとして前に進むことだけ考えていればいいのだ。

「気にしていませんよ。剣の才能がなかったおかげでウルと出会えたんですから。むしろ、それでよかったと思っています」

「ふふ。前向きなのね。そして、とてもお姉様のことが好きなのね」

「ええ、心から」

「お姉様が羨ましいわ。私も男性に心から愛されてみたいわ」

そんなことを言うリーゼは、不思議と寂しそうに見えた。

「リーゼ様？」

「うん？　どうかした？」

「あ、いえ、なんでもありません」

しかし、すぐに彼女は笑顔に戻ってしまった。

「ふふふ、サムったら変なの」

子供のように笑うリーゼを見て、サムは安心する。

やはり一瞬見えた寂しそうな表情は自分の見間違いだったと思うのだった。

それから、サムはリーゼに稽古《けいこ》をつけてもらいながら、ウォーカー伯爵家に馴染《なじ》んでいった。

リーゼをはじめ、伯爵家の人たちはみんないい人たちばかりだ。

唯一、エリカとだけはうまくいっていないが、彼女が悪い子ではないことはわかっているのであまり気にしていなかった。

いつか、彼女が認めてくれるような魔法使いになればいいと思っている。

そして、サムが目指す宮廷魔法使いになる方法もはっきりした。

当初サムは、現役宮廷魔法使いに喧嘩《けんか》を売って倒してしまえばいいと考えていた。

「それは絶対に問題になるからやめるように」

その企《たくら》みがジョナサンにばれて窘められてしまう。

その際、

「なにもそんなところまでウルリーケに似なくても」

と呆れられてしまった。

聞けば、ウルが若くして宮廷魔法使いになれたのは、当時の現役宮廷魔法使いを完膚《かんぷ》なきまでに叩きのめしたことがきっかけだったらしい。

ただし、現在は宮廷魔法使いに空席があるので、そんな野蛮《やばん》なことをせずとも実績さえあれば推薦が可能だという。

しかし、サムはまだ成人前であり、それが一番の問題のようだった。

今まで成人前の魔法使いが宮廷魔法使いになったことはないという。

ウルでさえ、成人後すぐであった。

サムは、もどかしさを覚えながらも、時間を有効活用しリーゼと訓練しながら、魔法を使わない戦いの実力をつけていった。

最初こそリーゼの速さに翻弄《ほんろう》されてしまい、手も足もでなかったが、少しずつ彼女の攻撃に反応できるようになっていった。

それでも敗北する結果は変わらない。

まだまだ実力差は大きかったが、サムは腐ることなくリーゼと訓練を続けた。

訓練以外の時間は、ウォーカー伯爵家のみんなとの交流に使った。

伯爵夫人のグレイスが開く、お茶会と称する尋問でウルとの関係を根掘り葉掘り聞かれることも多々あった。

リーゼはもちろんのこと、数える程度しか会話したことがないアリシアもこれには参加していた。

どうやら彼女は、姉のことと恋愛話に興味があるようだった。

その一方で、エリカとの関係は改善しなかった。

食事の席で毎日一緒になるのだが、目を合わせようともしない。

偶然、視線が合っても、ふんっ、とそっぽを向かれてしまう始末だ。

彼女との関係がよいものになるのにはまだまだ時間が必要だろう。

サムとしては、ウルの妹とはいい関係を築きたいと思っている。

そして、ウォーカー伯爵家はサムの歓迎会もしてくれた。

娘を失った悲しさはもちろんあるが、悲しみに暮れているだけではない。

そんなことをすればウルが安心して眠れないとわかっているのだ。

サムの歓迎会は賑やかだった。

使用人たちも参加した無礼講で、お酒の入ったジョナサンがウルとの関係を父親として問《と》い質《ただ》すや否や、そこへ悪ノリしたリーゼも加わり、サムはたじたじとなる。

サムがウルを女性として愛していたのは誰もが知っているので、どこまで関係が進んでいたのかと何度も尋ねられてしまった。

伯爵家のみんなは優しく、温かく、笑顔が絶えない人たちだ。

きっとウルもそんな家族が大好きだったんだろうと思う。

だからこそ、死期を悟ってしまった彼女は、家族になにも言わずに去ってしまったのだ。

サムは、ウルの唯一の弟子として、彼女の愛していた家族を守ろうと決意したのだった。

×××

「ねえ、サム！　狩りにいきましょう！」

「へ？　狩り、ですか？」

朝食を済ませ、サムが身支度を整えていると、間借りしている部屋にノックもなく入ってきたリーゼが、生き生きとした顔でそんなことを言った。

第４章
リーゼ様が師匠になりました

「庭でこぢんまり訓練しているばかりじゃ退屈でしょ？　それなら、実戦よ、実践！」

リーゼと訓練するようになって数日が経ちわかったことだが、このお嬢様はなかなかのお転婆《てんば》だった。

剣術を習っていたこともあって凜とした佇まいなのだが、どうもじっとしていられないというか、子供っぽいところがある。

サムは、そんなリーゼを好ましく思っていた。

堅苦しい人よりも、元気いっぱいなリーゼのような人のほうが付き合っていて気が楽だし、なによりも楽しい。

なので、彼女の誘いを断る理由はなかった。

「いいですよ。どこかいい狩場を知っているんですか？」

「王都を出たところの西の森がお勧めね。あまり強いモンスターは出ないけど、狩場としては優秀よ」

「へぇ」

「剣聖様の道場に通っていたころは、よくその森に行ったわ。懐かしいわ。剣一本でサバイバル……食料も寝床も現地調達だったのよね」

「たくましいですね、リーゼ様」

「剣聖様のもとで剣を学ぶならこのくらいどうってことはないわ。もっとも、根性のない人はさっさと辞めてしまったけどね」

聞けば、剣聖の弟子になることは貴族の中でひとつのステータスらしい。

リーゼのように単純に剣術を学びたいという人間から、箔《はく》をつけるために弟子入りする人間まで多くいるという。

剣聖は入門希望者をふるいにかけることはせず、受け入れるらしい。

だが、厳しく過酷な訓練についていけない者はあまりにも多く、とくにステータスを求めて弟子入りした貴族などはその筆頭だったらしい。

(まあ、剣一本で森の中でサバイバルとか、貴族のお坊ちゃんにはできそうもないよね。むしろ、逆に平気でこなせるリーゼ様がすごい。俺だって嫌だよ)

できないことはないが、進んでサバイバルなどしたくない。

そもそも、剣一本でサバイバルすることが、剣術とどう関わりがあるのか疑問である。

「じゃあ、さっそく行きましょう！」

「え？　今すぐですか？　準備は!?」

「なに言っているの。私とサムなら準備なんていらないでしょう？　水も食料も現地調達できるのよ」

「えー！　せめて、お弁当くらい持っていきましょうよ！」

「お弁当を作ってもらうのを待つ時間がもったいないじゃない！　私とサムの足なら、今

第４章

リーゼ様が師匠になりました

出発すれば、夕食までには行って帰ってこられるでしょう！」

「それはそうですけど」

身体強化魔法を使えるサムはもちろんのこと、魔法なしで非常識な体力と脚力を持つリーゼなら、馬車に乗るよりも自分の足で走ったほうが移動は速い。

サムはさておき、リーゼは本当に規格外だ。

剣聖の道場に通うと、みんなこうなるのだろうかと、ついサムは首をひねる。

「だから食料は現地調達よ。さ、行きましょう！」

「ちょ、せめて最低限の準備だけでもさせてくださいよ！　狩りなんですよ、万が一があったらどうするんですか！」

「私たちなら大丈夫よ」

「そんな適当な」

「あら、適当なんかじゃないわよ。ちゃんと自分たちの実力を見て、あの程度の森なら問題ないって判断しているの。もともと私ひとりで数日生活できる森なのだから、サムもいれば万が一なんて起きないわ。というわけで、さ、いくわよ！」

慎重なサムは最低限の準備をしたかったが、リーゼがそれを却下した。

もう彼女は狩りがしたくてしたくてうずうずしているようだった。

実を言うと、常にアイテムボックスの中には最低限の水と食料、テントなどが収納されている。

リーゼもそのことを知っているのだ。

（……もしかして、リーゼ様って俺のこと便利な道具入れとか思ってないよね？　ね？）

若干の抵抗をしてみたものの、サムはリーゼに引きずられるようにウォーカー伯爵家から西の森へと向かうのだった。

突然すぎて驚きはしたものの、なんだかんだとサムも久しぶりに思い切り身体を動かせることに心を躍らせていたのだった。


サムの腕を摑んで楽しげに屋敷から駆け出していくリーゼの姿を見ている人影があった。

ウォーカー伯爵家当主のジョナサン・ウォーカーとその妻グレイスだ。

「あなた、見てください。リーゼがあんなに生き生きと」

そう言うグレイスの瞳《ひとみ》には涙が浮かんでいた。

「サム殿には感謝してもしきれないな。辛い目に遭ったリーゼがあのようにまた笑ってくれる日が来るとは」

ジョナサンも妻と同じく涙を浮かべていた。

「サム殿が我が家で暮らすようになり、以前のような快活で明るいリーゼに戻ってくれた。これほど喜ばしいことはない」

「きっとサム殿があの子の過去を知らないというのもよかったのでしょう」

「そうだな。私たちでは、ついリーゼの境遇を思い浮かべてしまう。そんな私たちの前では、リーゼも笑うことができなかったのだろう」

もう娘たちの背中は見えない。

聞こえていた会話から狩りに行ったことはわかっている。

心配はしていない。

リーゼは剣聖の元弟子であり、サムに至ってはあのウルリーケの弟子である。

王都周辺は騎士と冒険者たちが定期的にモンスターの討伐を行っているし、王都を囲むように結界も張られているので、弱いモンスターしかいないことはわかっている。

時折、どこからか強いモンスターが流れてくることもあるが、それは稀《まれ》であるし、ふたりの実力なら問題ないだろうと判断している。

「わたくしは未だに思うのです。どうしてリーゼが、あのような目に遭わなければならなかったのか、と」

「私も同意見だ。——よい結婚だと思ったのだが、まさか嫁ぎ先であのような扱いを受けるとは思っていなかった」

かつてリーゼは結婚していた。

しかし、その結婚はお世辞にも幸せなものではなかったのだ。

ウォーカー夫妻は娘が苦しんでいることに気づくことができなかったことを悔いていた。

ようやく娘が酷《ひど》い扱いを嫁ぎ先で受けていると知り、離縁させたのはいいが、明るく元気だったリーゼの面影はなくなっていた。

そんな娘とどう接していいのかわからず、ずるずると時間だけが過ぎてしまっていたのだが、ここで変化が起きたのだ。

それは、サミュエル・シャイトという少年のおかげだった。

長女ウルリーケの弟子である彼が屋敷に滞在し、リーゼがサムの面倒を見るようになると、以前のような明るさを取り戻していった。

もう握ることはないと思っていた剣を再び握り、サムを鍛え出したのだ。

気づけば、かつてのようによく笑うようになっていた。

これもすべてサムのおかげだと伯爵夫妻は彼に心から感謝している。

「聞けば、あの男は再婚したそうです。リーゼよりも若い、成人したてのお相手だとか」

「腹立たしいことだ。だが、もうどうでもいいことだよ。すでにあの男、いや、あの家との縁は切れている」

「そうですわね。せめて、新たにあの家に嫁《とつ》いだ女性がリーゼのような目に遭《あ》わないことを祈るだけですわ」

「――そうだな」

「ごめんなさい。暗い話をしたかったわけではないのです。ただ、リーゼが昔のように笑ってくれるので、つい」

「わかっている。幸い、サム殿はしばらく王都にいるだろう。それこそ、宮廷魔法使いを目指すのならば、年単位のはずだ」

仮にサムが瞬く間に宮廷魔法使いの地位を手に入れたとしても、今度はその立場ゆえの義務も発生する。

最強の魔法使いを目指すとはいえ、宮廷魔法使いになれば相応の働きは求められるのだ。さすれば王都から、いや、この国から離れることはそうそうできないだろう。

「リーゼが聞けば喜ぶでしょう」

「違いない。いっそ、サム殿とリーゼを結婚させたいと思ってしまうのだが」

「サム殿がウルリーケを愛しているのは存じています。その気持ちも簡単に変わることはないでしょう。親として、娘をあれほど深く愛してくれていることには感謝しかありませんし」

「しかし、サム殿にもサム殿の人生がある。ウルリーケのことをいつまでも引きずっているのは、あの子自身が望まないはずだ」

「もちろんです。しかし、まだ早急過ぎますわ。サム殿はまだウルリーケを失ったばかり。落ち着く時間が必要です。それに、リーゼだってまだサム殿を男として見てはいないでしょう」

「そうだな、少し気が早かった。リーゼがあんなに笑うものだから、ついな」

夫妻の目から見ても、まだサムとリーゼの関係は仲のいい姉弟のようだった。

もしかするとリーゼは弟以上に想っているのかもしれないが、サムの気持ちは姉止まりだろうと思う。

夫妻としては、サムのような真っ直ぐで好感の持てる少年が義理の息子になってくれるのなら嬉しい。

だが、結婚で一番大事なのは、当事者たちの気持ちだ。

貴族なので甘い考えなのかもしれないが、一度娘が結婚のせいで不幸になった以上、慎重になるのが親心だった。

「本当にあなたは娘たちに甘いのですから」

「お前が厳しい分、私が甘くしてもよかろう。厳しくして嫌われるのはごめんだ」

「あらあら、あなたったら」

「ふふふ。さて、リーゼのことはしばらく見守るとしよう。いずれ、サム殿もあの子の過去を知るかもしれない。そのときに、支えてくれるのであれば、託してもよしだな」

「あなたは息子を欲しがっていたので、嬉しそうですわね」

「サム殿は実に良い少年だ。聞けば、あまり生家でよい扱いをされてなかったようだが、それでも腐らずに真っ直ぐでいる。まだ成人していないのが残念だ。酒でも酌《く》み交《か》わしたいのだがな」

「すっかりお気に入りですわね」

サムをベタ褒めするジョナサンに、グレイスが苦笑した。

「ウルリーケの弟子だったことを抜きにしても、魔法の才能に溢れ、礼儀正しく、好感が持てる良い子だ。実の子であれば、とつい思ってしまう」

「では、いつかわたくしたちの子供になってくださることを期待しましょう」

「そうだな。いずれ宮廷魔法使いを目指すのであれば、後ろ盾も必要だ。そのときに、我が一族の養子にすることだってあるかもしれん」

「きっとウルリーケが知ったら驚くでしょうね」

「いいや、よくやったと褒めてくれるさ」

そう微笑む夫に、妻は頷《うなず》く。

ウルリーケを失ってしまったことは、まだ悲しく、立ち直るのには時間が必要だろう。

しかし、娘は縁を残してくれた。

娘のすべてを受け継いだ、サムという才能溢れる少年との縁だ。

彼のおかげで、すでに次女リーゼが明るさを取り戻してくれた。

夫妻は娘の残してくれた縁を大切にしていきたいと心から願うのだった。

×　×　×

「うーん！　久しぶりに身体をちゃんと動かしたわね」

森に着いたサムとリーゼはモンスターや魔獣を手当たり次第に狩った。

不思議と森の住人たちは戦う気満々であり、サムたちに襲いかかってきた。

しかし、サムの出番はほとんどなく、すべてのモンスターをリーゼが真剣で一刀両断してしまうのだった。

「俺の出番、ありませんでしたね」

「あら、サムには大事な役目があるじゃない。はい、このモンスターも高く売れるから収納収納」

「アイテムボックスがあるからって、人を便利な道具扱いして」

「お姉様にも何度かお願いしたことがあったけど、狩りに付き合ってくれなかったから」

「ウルなら面倒だって言いそうです」

「それよりも酷いわよ。森ごと焼いてしまえばいいなんて言い出して、一度本当にやろうとしたんだから」

「やることがいちいち過激だなぁ、ウルは」

第４章

リーゼ様が師匠になりました

戦闘面ではまるで必要のない子だったサムも、師匠から譲り受けたアイテムボックスのおかげで、その後は大活躍だった。

(ま、いくら高値がつくモンスターを狩っても、持ち運ぶのには限度があるしね。そういう意味ではアイテムボックスって無敵だな)

今のところ、どのくらいのものが収納できるのか不明だ。

確かめようと思ったが、手持ちのものでは少なすぎて調べようがなかった。

しかし、今まで倒したモンスターの遺体をそのまま収納できてしまうのだから、相当な収納空間があると思われる。

「さてと、モンスターも収納したのでそろそろお昼ご飯にしましょう」

「そうね。身体を動かしたからお腹が空いてしまったわ。ところで、サム」

「なんですか？」

「あなた、料理はできるかしら？」

「そりゃできますよ。ウルと各地を転々としていましたから、自炊《じすい》くらい覚えますよ」

ウルは最低限の料理はできるのだがざっくりとした大雑把な人だったので、代わりにサムが食事の支度をしていた。

旅の半分は宿屋や食堂で食事をしていたが、やはり野営することも何度もあった。

サムは前世でひとり暮らしだったため、家事はもともとできたのでウルとの冒険でももちろん問題なかった。

むしろ、これ幸いとウルに料理当番を押し付けられたのはいい思い出だ。

「ならよかったわ。自慢じゃないのだけど、私は料理ができないの」

「……でしょうね」

「ちょっと！　でしょうね、ってなにかしら！　まるでできないのが前提みたいに言わないでちょうだい！」

「でも、できないんですよね？」

「で、できないけど。でもね、勘違いしないでね。まるで駄目なわけではないわ。ただ、包丁を振り回すなら、剣を振り回したほうが楽じゃない」

「普通包丁は振り回しませんよ」

「言葉の綾《あや》よ！　そうじゃなくて！　とにかく、料理はできないわけじゃないけど、お母様や料理長から頼むからやめてくれって言われているの。だから、お昼の準備をする栄誉をサムにあげましょう」

「ありがたき幸せ」

「ふふふ、よろしい」

失礼だが、もともとリーゼが料理をできるとは期待していなかった。

彼女の腕がどうこうではなく、使用人たちに囲まれた伯爵家のお嬢様が自炊するとは思

第4章

リーゼ様が師匠になりました

わなかっただけだ。

貴族の女性に家事ができない人は多い。

というか、する必要がないのだ。

「一応言っておくけど、料理以外の家事はできるからね」

「……まあ、リーゼ様がそう言うのなら、そういうことにしておきましょう」

「ちょっとサム！　信じてないでしょう！」

「ははは、まさか。俺がリーゼ様のことを疑うなんて……ありませんよ？」

「怪しいわ！」

そんな冗談を言い合いながら、サムは手際良く食用可能なモンスターをナイフで解体していく。

剣の才能がないサムではあるが、ナイフくらいは普通に使えることがこの四年でわかった。

戦闘になるとナイフもまったく使えず、投擲《とうてき》さえまともにできないのだから笑えてくる。

「じゃあ、お肉焼きましょう」

「楽しみだわ」

アイテムボックスから網と塩胡椒を取り出して、火を起こす。

下味を軽くつけた肉を網の上に置けば準備完了だ。

火が肉を炙《あぶ》り、脂が滴る。

香ばしい匂いが鼻腔をくすぐり、ますますお腹が空いていく。

「今さらですけど、リーゼ様」

「なあに？」

「ナイフとフォーク、あとお皿ありますけど、使います？」

「わかっていないわね。こういうお肉はがっつり齧《かぶ》り付《つ》くのが美味しいのよ」

「それはそうなんですけど……伯爵家のお嬢様に直火で炙った肉を丸かじりさせるのもどうかなって」

あとで旦那様や奥様に怒られやしないだろうか、と今さらながらに不安になる。

だが、リーゼは楽しそうに笑うだけ。

「あのね、剣聖様の修行の一貫で夜営をしたって言ったでしょう。箱入りのお嬢様じゃないのだから、そのくらいへっちゃらよ」

「ですよね。リーゼ様ですもんね」

「――あら。今の言い方、気になるわね。どういう意味かしら？　まさかお転婆とでも言いたいの？」

「……あ、お肉焼けましたよ。美味しそうなところをどうぞー」

「ありがとう――じゃなくて、誤魔化さないではっきり言いなさい、サム！」

サムとリーゼは、まるで実の姉弟のように笑い合った。

愛しい師匠を失い、気が滅入《めい》っていたサムは、リーゼのおかげで心から楽しいと思える時間を過ごすことができたことに感謝するのだった。


「あー、お腹いっぱい」

食事を終えて、アイテムボックスに用意してあった紅茶を取り出し、カップに注いでリーゼに手渡すと、彼女は嬉しそうに微笑んで口にした。

「食後のお茶が飲めるとは思わなかったわ。サムって本当に便利よね」

「俺じゃなくてアイテムボックスですけどね」

「少なくともお姉様はアイテムボックスにお茶を入れたりしなかったわよ」

「そういえば、食料を入れ忘れて空腹で倒れているところで俺とウルは出会ったんですよ」

「ふふ、お姉様らしいわ。結構ガサツなのよね」

思い返せば、懐かしい思い出だ。

ウルがガサツだったおかげで出会うことができたとも言える。

アイテムボックスを持ちながら空腹で倒れるとか、そうそうない。

「ねえ、サム」

「はい」

お茶を飲みながら、静かな時間を過ごしていると、そっとリーゼに声をかけられた。

「ちょっと話をしましょう」

「いいですよ」

今まで会話をしていたのに、急に改まってどうしたんだろうと思う。

が、彼女の顔を窺《うかが》うと、真面目な表情を浮かべていたのでサムは背筋を正した。

「私はサムの過去をいろいろ知っているわ」

「ええ、そうですね」

「そのことを申し訳なく思っているの」

「そんなことは」

「いいえ、不当に扱われた幼少期があったことを赤の他人である私に知られて、あまり面白くはないでしょう？」

「だから気にしていませんって。それに過去のことですし、家族はさておき使用人のみんなはとてもいい人たちでしたから、そこまで深刻でもありませんでしたよ」

ウルと出会う前のサムも、家族からの扱いが酷くても、メイドのダフネという姉のような存在と、執事のデリックという父のような存在がいてくれたので孤独ではなかった。

今のサムは、ラインバッハ男爵家の人間に対して家族らしい情を持ち合わせていない。

サムにとって大切なのは、ダフネたちと、町で繋がりをもった人々と、そしてウルだけだった。

もちろん、リーゼの言うように過去を知られているということになにも思わないわけではないが、仕方がないことだとわかっているのでどうってことはない。

しかし、リーゼはサムの許可なく彼の過去を知っていることに負い目を感じているようだ。

彼女は快活でお転婆だが、その内面は優しく繊細《せんさい》だ。

そんな彼女らしい、と苦笑が漏れそうになる。

きっと、今回の狩りだって、自分と話をする時間を作るための口実だったのだろう。

「私はサムのことを知っているのに、サムは私のことをなにも知らないでしょう」

「ええ、まあ」

「なんだかそれはずるいかなって、思ったの」

「そんなことないと思いますけど」

「ううん。それにね、私のことをサムに知ってほしいと思ったから、きっかけが欲しくて狩りに誘ったのよ」

「そうだったんですね」

「私の過去なんてあまり面白いものじゃないけれど、聞いてくれるかしら？」

「お話ししてくださるなら、もちろんです」

すでに剣聖の弟子だったことは知っている。

だが、彼女はそのことを過去形で語っていた。

なにやら事情があるかもしれないと思っていたし、内心では気になっていた。

だが、女性の過去を根掘り葉掘り尋ねる趣味はサムにはない。

なので、こうしてリーゼのほうから歩み寄ってくれるのは、彼女との関係が深まったと思えるので少しだけ嬉しかった。

そんなサムに、意を決意したようにリーゼが口を開く。

「あのね、私ね――結婚していたの」

サムは己の耳を疑った。

「え？」

リーゼの口から紡がれた言葉は、サムが想像していなかったものだった。

（いや、でも、リーゼ様の年齢を考えたら不思議じゃないのかな？）

リーゼの年齢は二十一歳。

貴族の、それも伯爵家の次女ならば、結婚していても不思議ではない年齢だ。

この世界において、二十代後半だと行き遅れとされるので、リーゼくらいだと結婚に適齢だとも言える。

「ごめんなさい、急にこんなことを言われても困るわよね。でも、知ってほしかったの」

第４章

リーゼ様が師匠になりました

「謝らないでください。少し驚きましたけど、でも、どうして、その」

彼女は「結婚していた」と、あくまでも過去形で語った。

それに、普段から屋敷にいるのだから離婚していると考えるのが普通だ。

サムは思わず、なぜ離婚したのかと問おうとして慌てて口を押さえた。

すると、リーゼが苦笑する。

「気にしないでいいのよ。私ね、三年前に結婚していたのだけど、子供ができなくてね。そのせいでとても責められたの」

「そんな」

「結婚して半年が経っても子供ができなくて、それをお義母様に毎日責められたわ」

「子供は授かりものです。リーゼ様のせいではないでしょう」

サムはリーゼにだけ責任を押し付けた人間に憤りを覚える。

「相手は、サムのようには思ってくれなかったの。初めは優しい方たちだと思っていたのだけど、急変してしまったわ。部屋に閉じ込められて、剣も取り上げられて、夫も子供ができないのは私のせいだと言い、暴力まで……そして外に愛人を作ったわ」

「――なんて奴だ」

見たこともないリーゼの元夫を殴り飛ばしたい衝動に駆られた。

そもそも半年で子供ができないなんて別におかしなことではない。

むしろ、半年で妻を部屋に監禁し、暴力を振るい、外に女まで作ったほうが異常だ。

「私は部屋に閉じ込められたまま、子供を産むための道具のように扱われたの。でも、子供はできなかった。あんなに辛い一年はなかったわ」

リーゼの語ったことは、あまりにも腹立たしく、不愉快な話だった。

(だけど、ここは異世界だから、女性の扱いも地球とは違うんだよな。ふざけるなって思うよ)

残念なことではあるが、この世界では子供ができないと女性に責任を押しつける傾向がある。

妻を何人も替えて、それでも子供ができないと、ようやく男のほうに問題があるとわかるのだが、それまでは責められるのは常に女性だった。

少し前の日本だって、似たような話があった。

医学の進歩で子供ができにくい身体だとわかるようになったのは、最近の話なのだから。

(子供ができないからって暴力振るって、愛人作って、最低な人間だな)

「実家とも連絡を取らせてもらえなかったから、不審に思ったお父様とお母様が訪ねてきてくれてね。私はあまり覚えていないのだけど、人形のようになっていたらしい私を見つけて、大激怒。そのまま離婚になったそうよ」

聞けば、怒りに任せて離婚させると言ったウォーカー伯爵夫妻に対し、相手の家は子供を産めない嫁に用はないとあっさり応じたようだ。

それだって、腹が立つ。

サムでさえ怒りを抱くのだから、当時のジョナサンとグレイスの怒りは凄まじいものだったはずだ。

「失礼ですが、最悪の結婚でしたね」

「ふふっ、サムははっきり言うのね。でも、その通りよ」

「ですけど、そんな人間たちと縁が切れたんです。これからはもっと自由に生きて、素敵な男性と出会って、恋をして幸せになってください」

それは、サムの嘘偽りのない言葉だった。

リーゼは最悪の結婚をしてしまったが、すでにもう相手との縁は切れているのだ。

ならば、もう自由だ。

彼女の好きなように生きればいい。

リーゼのような素敵な女性ならば、放っておいてもいずれ良い人が見つかるはずだ。

「――まあ。ふふふ。ありがとう、サム」

「お礼なんてやめてください。当たり前のことを言っただけです」

「どうしたの、サム？　ちょっと機嫌が悪そうよ？」

「そりゃ不機嫌にもなりますよ。リーゼ様がそんな扱いをされていたなんて知らずに、俺はヘラヘラしていたんですから。もし知っていれば、俺はもちろん、ウルだって、その家に殴り込んでいましたよ」

　間違いなくやっていた確信がある。

　気に入らなければ武力行使することも厭《いと》わないウルと、その影響を受けているサムなら、相手の屋敷を燃やすくらいはしていただろう。

　当時、知らなかったことを嘆《なげ》くばかりだ。

「いや、むしろ、今からでも殴り込みに」

「気持ちは嬉しいけど、それはやめてね。お父様が困ってしまうから。でも、ありがとう。私のために怒ってくれるなんて、優しいわね、サムは」

「当たり前です。リーゼ様は、その」

「私はなにかしら？」

「俺の大切な師匠なんですから」

　少し恥ずかしかったが、サムはリーゼの顔を見てはっきりとそう言った。

　すると、彼女は顔を赤くし、唇を吊り上げ、満面の笑みを作ると抱きついてくる。

「もうっ、サムったら！　弟子ってこんな感じなのね！　かわいいっ！」

「ちょっ、抱きつかないでくださいよ！」

「照れなくてもいいのよ！　剣聖様も弟子には厳しくも甘いところがあったけど、今なら

お気持ちがわかるわ。人を育てるのって素敵ね」

リーゼの体温や、甘い匂いがサムをクラクラさせる。

恥ずかしいことを言った自覚もあるので、羞恥《しゅうち》でどうにかなりそうだ。

「サムと出会えたおかげで、私は再び剣を取ることができたわ。ありがとう」

笑顔を浮かべながら、目尻に涙を浮かべるリーゼに、サムはほっとした。

少しお転婆で快活なリーゼには、笑顔がよく似合う。

暗い顔などしてほしくない。

辛い過去など忘れるくらい、幸せになってほしいと心から願った。

×　×　×

「サムぼっちゃまは、今頃どうしているのでしょうか？」

ラインバッハ男爵家でメイド長を務めるダフネは、使用人の休憩室でお茶を飲みながら最愛の少年を想い、憂いていた。

我が子のようにかわいがったサムが屋敷を出て行ってから、もうすぐ五年の歳月が経とうとしていた。

当時、大問題になったことが懐かしい。

第4章
リーゼ様が師匠になりました

当主であるカリウス・ラインバッハは、サムに男爵家を継がせない代わりに縁のある子爵家に婿に出す予定だったのだ。

それが、次期当主に選ばれたマニオンが独断でサムを追い出してしまうという暴挙。

これにはカリウスも、マニオンの顔が腫《は》れ上《あ》がるほど殴りつけて怒りを露にした。

カリウスからしてみれば、ただの次期当主でしかないマニオンにサムを追い出す権限はない。

才能なしとはいえ、サムは弟のマニオンと比べるまでもなく人望があった。

もともと先方の子爵の娘を嫁にしたかったカリウスだったが、相手があまりにもマニオンを嫌がったため、サムを婿《むこ》に送り出すことにした。

しかし、サムの突然の追放のため、カリウスは先方に頭を下げる結果となってしまった。

相手方の令嬢はサムをとても気に入っていたため、揉《も》めに揉めた。

息子たちの管理もできない不出来な父親として、縁のある貴族たちに悪い意味で名を広めてしまった。

この怒りは当然マニオンに向けられた。

マニオンは謝罪こそしたが、「無能を家に置いておくのが嫌だった」と言って譲らない。

それがまたカリウスの怒りを招いた。

さらに、男爵夫人のヨランダがマニオンを庇い、息子の行為を正当化するため、夫婦関係が険悪となった。

それから現在まで、夫婦仲は改善していない。

「それにしても、この家の人間たちは本当に愚かですね」

五年前を思い出し、ダフネは嘆息《たんそく》した。

カリウスが怒り狂おうと、サムが帰ってくるはずもなく、結局ラインバッハ家はサムを事故で死んだと発表した。

少なくとも、父親の管理不足と、兄弟間の確執《かくしつ》で追い出されたとはしたくなかったようだ。

以後、サムの名を出すことは屋敷では禁じられている。

しかし、ダフネたちやラインバッハ男爵領の人々は、そんな命令に従うつもりはない。

なぜなら、ダフネには冒険者ギルドを経由して手紙が定期的に届くし、町にも時折《ときおり》冒険者として稼いだ金が送られてくることもあった。

追放された後も、ダフネたちを気にかけているサムを、みんなが死んだことにするはずがないのだ。

「最近、またぼっちゃまからの手紙が止まってしまいました。いったいどこでなにをしているのやら」

定期的に届いていた手紙が止まってそろそろ一ヶ月が経とうとしていた。

以前の手紙で、サムには魔法の才能があり、すぐれた師匠と出会い、順風満帆《じゅんぷうまんぱん》な日々を送っていることは知っている。

ダフネは最低でも月に一度届く手紙を楽しみにしていたのだ。

「以前にも手紙が止まったことがありましたね。確か、東の、日の国へ行っていたときですね」

冒険者ギルドがない国に滞在していたため手紙が届かなかったこともあるので、心配はしていない。

ギルドからサムが相当強い魔法使いだということを知らされている。

倒したモンスターから、悪党まで、懸賞金を相当稼いだそうだ。

「まったく、ラインバッハ男爵家も惜しい方を手放しましたね」

使用人はもちろん、町の人たちでさえ、同じことを思っている。

魔法使いは希少だ。

サムのような実力を持つ魔法使いなど、さらに数が少ない。

簡単な魔法を使えるというだけで、ひとつのステータスとしては大きい。

平民なら貴族に使用人として好待遇で迎えられるし、貴族なら多くの家から縁談が舞い込むだろう。

カリウスは剣だけにしか価値を見出せない人間だが、他の貴族は違う。

性格が悪すぎて婚約者から婚約解消を願われているマニオンとは違い、サムがいれば引く手数多だっただろう。

死んだことになっているサムだが、貴族たちも馬鹿ではないのでそんな嘘を信じている者はいない。

さらに言えば、魔法使いとして成功したサムと縁を繋ぎたくて、どこにいるのか教えてくれないかという申し出まで秘密裏にある始末だ。

要は、死んだことになっているなら、取り込んでも構わないと考えて動いている貴族がいるのだ。

当主カリウスはそのことに気付いていないし、ダフネたちも気づかせるつもりはない。

サムがどう返事をするのかはさておき、彼に選択肢が多いほうがいい。

下手に、カリウスの耳に入り、くだらないプライドで話が潰されてしまっては困るのだ。

「ダフネ、休憩中にすみませんが、少しいいですか？」

「デリックさん？」

サムに想いを馳せていたダフネに声を掛けたのは、ラインバッハ男爵家の執事デリックだった。

老執事は、休憩室の中の様子を窺い、ダフネひとりだと確認すると安堵したように部屋の中に入ってくる。

第4章
リーゼ様が師匠になりました

「なにかありましたか？　またあのクソガキとクソ奥様が癇癪《かんしゃく》でも？」

「違います……いえ、遅かれ早かれ癇癪は起こすでしょうが、今はまだ大丈夫です」

「どういう意味ですか？」

すでにマニオンとヨランダに対して使用人すべてが嫌悪感を隠そうとしない。

この五年で、ふたりは実に醜《みにく》くなった。

マニオンは剣の才能に恵まれた天才児と言われていたころが嘘のように肥《こ》え、鍛錬《たんれん》もしなくなった。

ヨランダはそんな息子を甘やかし、傲慢な態度をさらに拗《こじ》らせていた。

古参のダフネやデリックも、そんなふたりに愛想《あいそ》がとっくに尽きていた。

当主であるカリウスも、このふたりに関わるのは最低限であり、ほぼ放置状態だった。

「ダフネは旦那様に愛人がいることはご存知ですよね？」

「もちろんです。旦那様は隠す気がないようですし」

デリックの問いかけに頷く。

カリウスには町に年若い愛人がいた。

癇癪持ちのヨランダとは違い、穏やかで落ち着きのある、ダフネたちが今も慕う亡き先妻メラニーにどことなく雰囲気の似ている女性だ。

「たしか、子供もいましたよね。しかも、男の子でしたよね」

「ええ、もうすぐ八歳になる男の子です。実は、そのことでお話があるのです」

「……嫌な予感しかしないんですけど」

ダフネの言葉に、デリックは苦笑いをした。

つまり、嫌な予感が当たるということだ。

「旦那様が愛人の家に入《い》り浸《びた》っていることもご存知ですよね？」

「もちろんです。おかげで、クソ奥様のご機嫌が悪くてたまりません」

カリウスは、時間を見つけては愛人の家に足を運んでいた。

どうやら癇癪持ちの妻と、才能はあっても怠惰《たいだ》な息子に愛想が尽きたようで、愛人と、その間にできた息子をかわいがることに熱を上げている。

「実は、その愛人の女性にふたり目のお子様ができたそうです」

「……まあ」

「旦那様はこれを期に、正式に側室として屋敷に迎えたいそうなのです」

「それは……クソ奥様とクソガキが怒り狂いそうですね」

自分たちが一番でなければ我慢のならないヨランダとマニオンが、愛人とその子供を家族として認めるはずがない。

前妻の子で長男であったサムにもあの態度だったのだ。

愛人とその子供がふたりにどんな目に遭わされるか、考えただけでもぞっとする。

「それだけならまだいいのですが」

「……まだなにかあるのですか？」

「その愛人のご子息は、マニオン様ほどではありませんが剣の才能に恵まれているそうです。しかも、素直な努力家の少年のようなのです」

「あのクソガキとはだいぶ違うようですね」

「ええ。ですが、そのせいでひとつ問題が起きたのです」

「なにか？」

「旦那様はそのご子息を、次期当主とするそうです」

「――――っ」

ダフネは耳を疑った。

まさか自分たちの主人が、裏でそんなことを考えていたとは。

だが、驚きはしたが、あまり反対する気にはなれない。

「ですが、あのクソガキよりもマシなのではないですか？」

「私たち使用人がこんなことを言ってはいけないのでしょうが、そのご子息はマニオン様と比べよくできた子のようです」

「ならば問題はないのではないでしょうか？　この家は、長男を後継の座から外した前例がありります。あのクソガキが次期当主から外されても、誰も文句は言いません。むしろ、その愛人の子がいい子なのであれば、喜ぶでしょう」

もともと問題児だったマニオンは、この五年で手のつけられない悪童に育っている。

癇癪を起こし、使用人や町の人に手をあげることは珍しくなくなった。

最初こそ男爵家の跡取りのマニオンに媚《こ》び諂《へつら》っていた取り巻きの少年たちもいたが、次第についていけなくなり、今では離れてしまっている。

当たり前だが友人もおらず、自分の言動が間違っていると教えてくれる人間もいない。

使用人や町の人間が諫《いさ》める声も届かず、母親の甘い言葉ばかり受け入れて育ったマニオンは、増長し尽くしていた。

最近では、いやらしい目を女性に向けることも多くなっており、気が気ではない。

ダフネも何度か舐め回すような不快な視線を向けられたことがある。

直接手を出されることがないのは、母親が厳しく監視しているからだ。

婚約者がいるマニオンが、婚約者以外に手を出すことは体裁が悪い。

貴族なら珍しくないことかもしれないが、マニオンのような未成年がそんなことをしてしまえば信用を失うことがある。

さらにヨランダは、使用人や町娘にマニオンが手を出し、子供ができたら一大事だとも案じているので、過剰に見張っているのだ。

そういう意味では、ヨランダの存在は女性たちにとってありがたかった。

第4章

リーゼ様が師匠になりました

「ここだけの話にしてほしいのですが」

「……まだなにかあるのですか？」

「旦那様からご相談を受けたのですが、どうやら旦那様は愛人を側室ではなく、正室として迎え入れることができないか考えているようです」

「それは」

デリック曰《いわ》く、正室のヨランダは反対するだろうが、愛人を側室におくことは決定事項だった。

しかし、カリウスは、できることならヒステリー持ちの妻を正室の座から引きずり下ろし、愛人を正室に据えたいらしい。

マニオンを後継の座から外す以上、正室も新たな後継者の母にしたいと考えているようだ。

ダフネは、内心大笑いだ。

散々、使用人をはじめ、幼いサムにひどい仕打ちをしてきた親子が痛い目を見るのだと思うと、その日が来るのが待ち遠しい。

「いいではありませんか。サム様を虐《しいた》げた親子の落ち目を見られるのなら、愛人が正室になろうと構いません。いいえ、そもそも、私の中では亡きメラニー様だけが、奥様なのですから、誰が後釜になっても興味がありません」

「ダフネはメラニー様とご友人でしたね」

「ええ、私にはもったいないくらいの友人でした」

単純にサムがかわいいという気持ちもあるが、友人の忘れ形見だからこそ亡き友人の分まで愛情を注いできた。

そんなサムを虐げた親子が、今の地位から転落することを考えるだけで笑いがこみ上げてくる。

「――さっさと後継者から外されて、クソ奥様と一緒に屋敷から追い出されてほしいものです」

いずれ訪れる未来を楽しみにしながら、ダフネは笑うのだった。

第5章

エリカ様と
お出かけです

episode.05

Izure saikyou ni itaru tensei mahou tsukai

「ねえ、あたしに付き合いなさいよ」

ウォーカー伯爵家《はくしやくけ》に滞在してから、二週間が経ったある日。

珍しいことに、四姉妹の末っ子のエリカが不機嫌そうに声をかけてきた。

眉を吊り上げて、腕を組んだその態度は、お世辞にもいいものとは言えなかった。

一緒にお茶を飲んでいたリーゼが眉を顰《ひそ》める。

「お行儀が悪いわよ、エリカ」

「これでも精一杯、態度よくしているんです。ちょっと、あんた。なんだかリーゼ姉様と稽古しているみたいだけど、あれのどこが魔法と関係あるわけ？」

「えっとですね、俺は魔法以外からっきしなので」

「意味わかんない。魔法使いなら魔法の訓練をしなさいよ。ていうか、剣聖様のお弟子のリーゼ姉様から手ほどき受けるなんて生意気すぎ」

「こら、エリカ。私はサムと楽しく稽古《けいこ》しているし、なによりもお姉様の残した願いなのよ」

「――ふん！」

サムに突っかかるような態度を取るエリカをリーゼが窘《たしな》めるが、あまり効果はない。

エリカはこの二週間でサムが打ち解けることのできなかった唯一の子だ。

男性が苦手な三女アリシアでさえ、ウルとの冒険の日々を語るお茶会の席で、会話が成立し、笑顔を見せてくれるようになっていた。

（俺、嫌われてるなぁ）

気持ちがわからないわけでもない。

エリカはウルに憧れ、魔法使いとして成長しようとしていた。

だが、そのウルはエリカの傍におらず、赤の他人であるサムの面倒を四年間も見続けていた。

そして、最後には魔法とスキルのすべてをサムに託して亡くなったのだ。

ウルを敬愛するエリカが面白いはずがない。

「そういえば、あんた宮廷魔法使いを目指すんですってね」

「はい」

「……あんたにそんな実力があるとは思えないけど、まあいいわ。いい機会だから、あたしがあんたの実力を試してあげる」

不敵な笑みを浮かべるエリカに、サムは首を傾《かし》げた。

「勝負しろってことですか？」

「それも魅力的だけど、お父様に禁止されているから駄目よ」

「えっと、じゃあ、どうします？」

「ダンジョンに行くわよ！」

「ダンジョンですか？」

「あんたも手柄が欲しいなら、手っ取り早くダンジョンを攻略するのが一番でしょ」

「ねえねえ、エリカ。ダンジョンに行くのなら、私も」

「リーゼ姉様は駄目です！」

「えー、どうしてよー」

自分もダンジョンについていきたいと言う姉の願いを却下するエリカに、リーゼは不満だと言わんばかりに頬を膨らませてしまう。

「リーゼ姉様はこの前、こいつと一緒に狩りに行ったじゃないですか。だから、今回はあたしの番です」

「ぶー」

「……いい歳して子供みたいなことしないでください」

「いい歳とか言わないで！」

そんな姉妹のやりとりを眺めているサムは、ふたりは似ているなと思う。

リーゼが狩りに誘ってきたときも、今回のエリカも、突然すぎる。

せめて前の日に言ってくれれば準備できるのに、と苦笑いをしてしまう。

「ちょっと笑ってんじゃないわよ！」

「あ、ごめんごめん」

第5章

エリカ様とお出かけです

「ちょっとサム？　まさか、あなたまで私のことをいい歳だと思っているの？」

「違います！　そこに笑ったんじゃなくて、おふたりの仲がいいなって思っただけです」

「……ならいいけど」

「大きなお世話よ！」

その後も、リーゼがダンジョンについていきたいと駄々を捏《こ》ねた。

サムに自分の過去を打ち明けてから、彼女はサムとの訓練とは別に再び剣を振るうようになった。

家族はそのことを喜ばしく思っているようだった。

リーゼは鈍《なま》っていた身体を動かして、全盛期の力を取り戻したいらしく、サムとの訓練にも自主訓練にも気合が入っている。

おかげでサムは毎回手も足も出ずに、ボロボロだ。

見かねたジョナサンが「たまには休憩することも必要だ」と言ってくれたので、今日は休みだが、これからエリカとダンジョンに行くのであれば、のんびりしているわけにもいかない。

結局、リーゼは大人しく屋敷で待っていることになった。

最後まで駄々を捏ねたリーゼだったが、エリカが譲らなかったのだ。

「……姉様をうまく手懐《てなず》けたみたいだけど、あたしはそうはいかないわよ」

「別にそんなつもりじゃ」

「別にいいわ。さ、ついてきなさい。行くわよ」

そう言われて、襟首《えりくび》を摑《つか》まれて引っ張られてしまう。

「いってらっしゃい。お土産待っているわね」

手を振るリーゼに手を振り返しながら、サムはすでに用意されていたウォーカー伯爵家の馬車に乗せられる。

「ダンジョンは王都から半日かからないところにあるわ。今からなら、昼過ぎには着くわね。出発よ！」

御者に指示をすると、馬車が動き出す。

走ったほうが早い気がしたサムだったが、たまにはのんびりと馬車移動もいいだろうと思い、身体の力を抜く。

エリカとの会話があるはずもなく、すぐに退屈になってしまったサムは目を瞑《つぶ》るのだった。


「んんーっ、身体が痛いなぁ」

三時間も馬車の中にいたので、身体の至る所が痛くなってしまった。

サムは腕を高く上げ、背筋を伸ばしながら、周囲を窺《うかが》う。

第５章

エリカ様とお出かけです

いかにも冒険者という格好をした人たちや、どこかの学園の制服に身を包む生徒と思われる少年少女がいる。

誰もが目を輝かせて、ダンジョンへ挑もうとしているのだ。

(ここがスカイ王国のダンジョンか)

ダンジョンといっても、おそらく地下に潜るタイプなのだろう。

入り口らしきものは見つからない。

代わりに、いくつかの建物が目に入る。

きっとそのどれかがダンジョンの入り口なのだと推測する。

「どう？　ここが、はじまりのダンジョンよ」

「はじまりのダンジョン？」

「そ。上層部が初心者向けなのよ。弱いけどいい素材が取れる人気モンスターばかりが生息してるから、冒険者は大喜び。経験を積むにはちょうどいいから、騎士、魔法使い、学園の生徒たちが挑戦しやすいの」

「へぇ」

「あんた、そんなことも知らないの？」

「ダンジョンに挑んだことはありますけど、別の国ばかりでしたから。スカイ王国では初めてです」

「ふうん。どうせお姉様のおかげで無事だったんでしょうけど、もうウルお姉様はいないわ。あんたの実力でどこまで行けるのか確かめさせてもらうわよ」

そう言いながら、エリカは馬車から荷物を下ろし、装備を身につけていく。

サムはほっとした。

リーゼとはなにも準備をしないで狩りに向かったが、エリカは最低限の準備をちゃんとしていたようだ。

リーゼの実力は手合わせをして嫌というほど知っていたので、あまり心配はしていなかった。

だが、エリカは違う。

そこそこの魔力を感じるので、魔法使いとして強い部類に入るのだろうが、実際に彼女の実力を知っているわけではない。

そんなエリカとダンジョンに挑むのだ、準備をしていない状態ではごめんだった。

ダンジョンは難易度によってSからEまでのランク分けがされている。はじまりのダンジョンは下からふたつ目のDランクの初心者向けダンジョンだが、それでも脅威がないわけではないらしい。

サム自身、あまり準備はできていないが、もともとウルと世界中を旅していたときのアイテムボックスをそのまま継承しているので、道具や食料はちゃんと入っている。

第５章

エリカ様とお出かけです

先日の狩り以降、荷物確認もちゃんとしてあるので不安はない。

だが、できるなら、このダンジョンのことをしっかり調べ、下準備をしてから挑みたかった。

「ところで、エリカ様」

「なによ」

「ダンジョンに挑むのは今さらなのでいいんですけど、どこを目指せば俺を認めてくれるんですか？」

「そうね……初心者向けなのは地下十五階までだから、それよりも下を当然目指してもらうわね」

「どのくらい深いんですか？」

「わからないわ」

「まだ到達者がいないんですね」

到達者とは、ダンジョンの最深部に到達した者を指す言葉であり、攻略者とも言われる。

最初の到達者＝攻略者は、ダンジョンを管理する組織に名前が残り、高額の懸賞金がもらえることが多い。

なによりも、周囲からの尊敬を集めることができる。

ダンジョンを攻略できる人間は多くとも、最初に最深部に到達できる人間はダンジョンの数よりも少ないのが現状だ。

まだ攻略されていないダンジョンもあるし、見つかっていないダンジョンだってある。

冒険者の多くは、富と名声を得るためにダンジョンに挑むのだ。

「上層部こそ初心者向けだけど、中層部後半から下層部にかけては熟練の冒険者でも気を抜けば簡単に死んでしまうほど危険度は高いのよ」

「へえ」

それは実に楽しみである。

幾度《いくど》となくダンジョンに挑んだサムではあるが、毎度決まって死ぬ思いをした。

その甲斐《かい》あって、今まで攻略できなかったダンジョンはない。

しかし、どのダンジョンもすでに最初の到達者がいたので、あくまでも攻略する手段がいくつかある状態での挑戦だった。

それでも危険があったのだが、このはじまりのダンジョンは未だ到達者がいない。

冒険者として、これほど胸躍ることはない。

「別にダンジョン攻略をしろなんて無理を言うつもりはないわよ。でも、せめて下層部に到達できるくらいの実力は示してほしいわね。ウルお姉様は、散歩感覚で下層部に行くことがあったから、後継者を名乗りたいのなら同じくらいの実力は、最低限見せてもらうわよ」

「いいでしょう。望むところです」

「え？」

「さあ、行きましょう！　わくわくしてきましたよ！」

サムの楽しそうな顔に、エリカが面食らったように目を見開く。

「ちょ、あんた、私の話を聞いてなかったの？　下層部は死者も平気で出るのよ！」

「もちろん聞いていましたよ。でも、それがダンジョンじゃないですか。すごく楽しみです！」

「楽しみ、ですって？」

「はい。俺は、この世界の果てまで見て回りたいんです。誰もまだ到達したことのない、はじまりのダンジョンの最深部なんて、ものすっごく見てみたいじゃないですか！」

「――っ、言うじゃない。あんたが口先だけじゃないことを祈っているわ」

サムのやる気に反して、面白くなさそうに眉を吊り上げたエリカ。

ふたりは、ダンジョンに挑むべく、足を進めるのだった。


ダンジョンの管理は、冒険者ギルドが行っていた。

はじまりのダンジョンはスカイ王国の管理下にあり、冒険者ギルドの許可がないと挑戦することができない。

受付があるのは小さな二階建ての建物で、そこを中心に、武器屋、道具屋、宿屋などが並んでいて小さな村のようになっていた。

「人気ダンジョンだから、もっと活気《かっき》づいているかと思ったよ」

「ここのダンジョンで出店するには国の許可が必要なのよ」

「へえ」

「お店こそ小さいけど、王都に本店を持つ王家御用達の店ばかりよ」

「なるほど。国が所有しているダンジョンだからその辺りはしっかりしているんですね」

サムの呟きに、当たり前だとエリカが腕を組んで頷《うなず》く。

「大陸中から、このダンジョンに人が集まるから、変な店に営業させるわけにはいかないでしょ」

「それもそうですね」

仮にも国の所有物のダンジョンなのだ。

周囲の店の評判はそのまま国の評判になる。

「でも、たしか、近々お店を増やす計画があるって聞いたわね」

「活気づくのはいいことですね。それに、冒険者たちに対して、店が少なすぎますよ」

「それは同感よ。でも、ダンジョンへの出店希望があまりにも多すぎて簡単に決められないみたいよ」

第５章

エリカ様とお出かけです

「国も大変ですねぇ」

大陸各地で見てきたダンジョンの周辺は、ここと違いどこも賑《にぎ》わいを見せていた。

ダンジョンを中心に街を作った、ダンジョン都市というものもあった。

ダンジョンは人々の生活を潤《うるお》してくれる。

その一方で、定期的にダンジョン内でモンスターが異常発生することもあるので、危険を伴《ともな》うこともある。

それでも人々はダンジョンから離れないほど、リスクよりもリターンが多いのだろう。

「さ、受付をするわよ。……今日も混んでいるみたいね。あんた、冒険者登録はしてる？」

「もちろんしていますよ」

そう言って、エリカに冒険者カードを渡す。

彼女はサムの冒険者カードを見ると、舌打ちをした。

「……あんたＢランクなのね。生意気だわ」

「エリカ様は？」

「――Ｃランクよ……ちょっと、なによその勝ち誇った顔は！」

「いいえー、別にー。俺の方がランク上かー、なんて思っていないですよー」

「あのね！　あたしの年齢でＣランクって結構凄いことなんだからね！」

「つまり、エリカ様より年下の俺がBランクなのはもっと凄いってことですよね？」

「うぐぐっ」

その通りらしい。

実際、サムの年齢でBランク冒険者になることのできる人間はそういない。

サムだってなにも苦労せずBランクになったわけではない。

何度も死にかけ、死線を潜り抜けた上で、Bランクまで上り詰めたのだ。

「まあまあ、そんな気にしないでください。ランクがすべてじゃないですから、ね」

「だったらそのドヤ顔やめなさいよ！　ムカつく！　ムカつくんだけど！　ちょっと、本当にそのドヤ顔やめてよ！　腹立つ！」

こんなやりとりができるのだから、エリカから心底嫌われているわけではないと思う。

サムもエリカの気持ちがわからないではない。

憧れ慕っていた姉が、知らないところでどこの馬の骨とも知れない少年を弟子にしたあげく、自分のすべてを継承させてしまったのだ。

同じ境遇ならば、エリカでなくても腹立たしいことだろう。

「それにしても、混んでますね」

「それだけ、はじまりのダンジョンが人気ってことよ」

「初心者向けだからってだけではこうも人気にはならないでしょう？」

第５章

エリカ様とお出かけです

「はじまりのダンジョンに生息しているモンスターの素材はいつだって需要があるからね。ダンジョン内には質のいい薬草だって生えているし、戦いが苦手でもちゃんと稼げるのよ」

「至れり尽くせりですね」

冒険者にとって、理想的なダンジョンのようだ。

これで、深く潜れば上級者でも死を覚悟するほど難易度が上がるのだから、このダンジョンに挑み続けるだけで一生を使い果たすことになるだろう。

「私もこのダンジョンで経験を積んだのよ。ときどき、ウルお姉様と一緒に挑んだこともあるのよ」

「ウルと仲が良かったんですね」

「姉妹だからね。でも、ウルお姉様は宮廷魔法使いだったから忙しそうだったわ。それでもたまの休みを使ってあたしの面倒を見てくれたりしたのよ」

「ウルらしいです」

ウルの面倒見のいいところは、昔からのようだ。

サムもウルに多くのことを教えてもらったことを思い出す。

「……だからお姉様が急に姿を消したときには不安になったわ」

「無理もありません。大切な家族が急にいなくなってしまったんですから」

「そうじゃないわ。あたしたちのことが嫌になったんじゃないかって、なにかお姉様の気に障ることをしたんじゃないかって」

実際、ウルが家族のもとを去ったのは、病気を隠すためと後継者を探すためだ。

しかし、その理由を知らされていなかったエリカたちは、さぞ心配だっただろう。

エリカがマイナスなことを考えてしまうのも理解できる。

「ウルが家族を嫌ったりしませんよ」

「わかってるわよ！　そのくらい！　あんたがお姉様を語るな！」

「――失礼しました」

せっかく続いていた会話も、ここで途切れてしまった。

サムとしてはエリカを慰めようとしたのだが、逆効果になってしまったようだ。

気まずい空気が流れる中、サムは言葉を探したが、結局見つからずに自分たちの受付の順番を静かに待つことしかできなかった。

しばらくして、サムとエリカは、言葉を交わすことなく受付の順番を待っていた。

まだ十人ほど前に並んでいるので、ダンジョンに挑むのはもう少し時間がかかりそうだった。

(――気まずいなぁ。ダンジョンの中に入れたらちょっとは変わるのかもしれないけど、先が長そうだ)

サムが見る限り、冒険者たちは誰もが荷物を多めに背負っている。

第５章

エリカ様とお出かけです

おそらくダンジョン内で数日過ごすのだろう。

（そういえば、俺たちはどのくらいダンジョンに時間をかけられるのかな？）

ダンジョンに向かったことはリーゼが知っているので、伯爵家のみんなにも伝わっていると思う。

しかし、ダンジョン攻略に何日かけるのかは伝えていない。

そもそもサムもエリカに連れてこられた身なので、不確かなことが多いのだ。

アイテムボックスにはテントをはじめとした野外の準備が入っている。

食料はもちろん、水などもしっかり蓄えてあるので一週間くらいは余裕だ。

だが、エリカは学生だ。

ダンジョン攻略のせいで学業が疎《おろそ》かになってしまうのはサムも望んでいない。

（下層部に到達しないとエリカ様には認めてもらえないみたいだけど、何日かかるのかもわからない。事前にもっと調べることができれば、予定を立てることができたんだけど……今さらか）

勢いだけでこの場にいるので、下準備ができなかったのは無理もない。

サムも、あまり抵抗しなかったし、ダンジョンに挑むと聞いて乗り気になってしまったので、エリカだけを責めることはできなかった。

サムがそんなことを考えていると、ギルドの中に少年少女三人組が入ってきた。

身なりからして、貴族だ。

少年がふたり、少女がひとりの組み合わせで、あまり冒険者らしくない。

金髪を短く刈り込んだ体格の良い少年が大きな荷物を担ぎ、青い髪を伸ばしてポニーテールにした少女は細身の長剣を腰にさしている。

そして、ふたりより一歩前を歩く、少々ふくよかな少年は、冒険者を一瞥すると鼻を鳴らした。

三人は、列に並ぶことなく、カウンターに直進する。

(ダンジョンに挑むわけじゃないのかな?)

サムが列に並ばない少年たちを眺めていると、三人は先頭に割り込んでしまった。

「……申し訳ございませんが、順番にお並びください」

ギルド受付嬢が困った顔をして少年たちに声をかけると、先頭の少年の顔が明らかに歪んだ。

「なんだと？　このランズグリー子爵家《ししやくけ》の長男であるドルガナ・ランズグリーに、薄汚い冒険者と同じ扱いを受けろと言うのか！」

「規則ですので」

(うわー。こってこての典型的な嫌な貴族のお坊ちゃんだなぁ。受付の人もすごく嫌そうな顔をしてるし)

第5章

エリカ様とお出かけです

傲慢《ごうまん》な貴族を見ると、実家を思い浮かべてしまう。

ドルガナと名乗った少年の物言いは、腹違いの弟のマニオンを彷彿《ほうふつ》とさせた。

「ほう。この僕に盾つくとは良い度胸だ。パパに言ってギルドを首にしてやる！　名を名乗れ！」

サムは吹き出しそうになるのを必死で堪《こら》えた。

まさかここで「パパ」の権力を振りかざすとは。本当に典型的な馬鹿貴族だと思えて逆におもしろい。

なによりも、「今の台詞、決まった」みたいにドヤ顔をしている少年が、サムのツボにハマってしまい、口を押さえていないと大笑いしそうだった。

今まで、傲慢な貴族を見たことがないわけではないが、侯爵《こうしやく》や公爵《こうしやく》など爵位《しやくい》がもっと高い人たちだったため、子爵家程度で威張っている少年を見ると小物臭くて笑える。

とはいえ、どちらかというと傲慢な貴族は爵位の低い貴族に多い傾向がある。

とくに成り上がりの貴族などはそうだ。

代表例を挙げると、サムの実家であるラインバッハ男爵家などまさにそれだ。

(ていうか、子爵程度の貴族が冒険者ギルドをどうこうできる権力があるとは思えないんだけどね)

ここ、はじまりのダンジョンでは国と冒険者ギルドが協力関係にあるようだが、基本的に冒険者ギルドは独立した組織である。

そのため、貴族などの権力は通じないことが多い。

もちろん、王家や公爵家くらいになると、例外もあるが、基本的に貴族だからといって冒険者ギルドが態度を変えることはない。

そんなことをしてしまえば、冒険者ギルドの価値がなくなってしまうからだ。

貴族からの依頼、貴族との協力関係は普通にあるが、理由のない、上から押し付けるような命令に冒険者ギルドが従うはずがないのだ。

(見ていておもしろいけど、そろそろ誰かが止めないと面倒だし、時間がこれ以上かかるのも嫌だな)

列に並んでいる冒険者たちも、貴族のお坊ちゃんに目をつけられたくないのか、受付嬢に対応を任せっきりで見ているだけだった。

明らかに権力を振りかざしているような子供をわざわざ相手にしたくないという気持ちはサムにも理解できた。

が、そろそろダンジョンに挑みたい。

(俺が間に入っても、火に油かもしれないけど放置もできないしね)

サムはまだ成人していない子供だ。

そんな子供に注意されたら、わがままそうな子爵家の少年の怒りの火に油を注ぐだけの可能性もある。

しかし、放置するのも嫌だった。

サムが、嘆息《たんそく》し、声をかけようとする。

だが、サムよりも早く、声を張り上げた少女がいた。

「ちょっと、やめなさいよ！」

エリカ・ウォーカーだった。

「え、エリカ様？」

サムは目を見開き、少女を見た。

エリカは明らかに怒っているという表情を浮かべ、受付で騒ぐ少年たちに向かって歩き出したのだった。

「ちょ、エリカ様！　待ってください！　なにもエリカ様が間に入らなくても！」

「うっさい！　あたしはああいう甘ったれた男が嫌いなのよ！」

「……でしょうね」

少年たちに苛立《いらだ》った表情を浮かべるエリカを落ち着かせようと手を伸ばすが、彼女に払い除けられてしまった。

勝気なところがあるエリカは、正義感も強い。

良くも悪くも真っ直ぐな人柄の彼女が、横柄《おうへい》な態度を取る少年たちを無視できるはずがない。

しかたなく、サムもエリカの後に続いた。

「ちょっと、あんたたち！」

「なんだ、貴様は！　関係ない奴は引っ込んでいろ！」

あからさまに不愉快そうな表情を浮かべ、声を張り上げるドルガナにエリカは一歩も引くことなく同じくらい大きな声を出す。

「あんたたち迷惑なのよ。みんなちゃんと並んでいるのに、あんたは順番も守れないの？」

「なんだと！」

「ちょっと、やめましょうよ、エリカ様。こんなのに関わったっていいことありませんって」

「嫌よ！　あたしはこういう自分がたいしたこともないのに偉そうにしている奴が大嫌いなのよ！」

「気持ちはわかりますけど、こんなのと揉めたって時間の無駄ですって！」

貴族の息子だろうと、平民だろうと、ルールを守れない人間を相手にするのは面倒だ。

とくに気性の荒いエリカが関われば、問題がこじれそうになることも手に取るようにわかる。

実際、ドルガナと名乗った子爵家の少年は、明確な怒りの表情を浮かべてエリカを睨んでいた。

「貴様……ランズグリー子爵家を馬鹿にするのか！」

「あんたを馬鹿にしてんのよ！　でも、そうね。子供の教育もちゃんとできていない家なんて、程度が知れているわね」

「――っ、貴様！」

激昂《げっこう》する少年が腕を振り上げた。

サムは慌ててエリカを守るため少年の前に立《た》ち塞《ふさ》がる。

が、少年の腕が振り下ろされることはなかった。

（――ん？）

動きを止めたドルガナが値踏みするようにエリカに視線を向けていることに気づく。

視線はどんどんいやらしいものになり、最後にはエリカを舐《な》め回《まわ》すように見てくる。

「――ほう。平民にしてはまあまあな見た目じゃないか」

にやり、とドルガナがいやらしく笑った。

「――っ、なによ！」

視線に気づいたエリカが身を震わせて、サムの背中に隠れる。

ドルガナはなにか思いついたように笑みを深めると、サムの存在を無視してエリカに向かって唇を歪《ゆが》ませた。

「貴様に決闘を申し込む」

「え？」

「は？」

エリカとサムはそろって間の抜けた声を上げた。

なぜ激昂していた少年が、突然冷静になって決闘を申し込んできたのか理解ができなかったのだ。

言葉を失っているサムたちに、畳《たた》み掛《か》けるようにドルガナが続ける。

「そっちから喧嘩《けんか》を売ってきたんだ。まさか、逃げ出そうとはしないだろうな？」

「――っ、この！　誰が逃げ出すもんですか！　受けて立つわ！　決闘でもなんでもしてやるわよ！」

安い挑発にあっさりエリカが乗ってしまったので、サムは頭が痛くなった。

これ以上の揉め事に発展しないように割って入る。

「エリカ様！　なんでそんな簡単に安い挑発に乗っちゃうんですか！　もっと落ち着いてから」

「うるさい！」

「エリカ様！」

「うるさいって言ってるでしょ！　売られた喧嘩は全部買うって決めてるのよ！」

「どんな決意ですか、それ！」

頭に血が上っているのか、エリカはサムに視線を向けることなくドルガナを睨《にら》んでいる。

サムは嘆息すると、最悪、力づくでもエリカをこの場から逃がそうとした。

ドルガナのような輩《やから》とエリカではつくづく相性が悪そうだ。

さらに、挑発に乗ってしまったエリカに対し、ドルガナは何か企《たくら》んでいるのか余裕を持っているように見える。

先ほどまで見せていた、怒りの表情は今の彼にはない。

それが気味悪かった。

「やかましい従者だな……いいだろう、そんなに主人が心配なら貴様も決闘に参加させてやる」

「ちょっとなにを勝手に」

「だが、それでは平等ではないな。こちらの従者たちも戦いに参加させてもらおう」

ドルガナの背後に控えるのは、エリカとそう歳の変わらない少年と少女だった。

ふたりは主人の言う通り戦うつもりなのだろう。

主人の背後から一歩前に出てきた。

「ちょっと！　そっちは三人で、こっちは二人なの⁉」

第５章

エリカ様とお出かけです

気づけば三対二の不利な決闘をすることになってしまったエリカが抗議の声を上げたが、

「そっちが喧嘩を売ってきたんだから、これくらいはしてもらわないとな。それとも臆《おく》したか？」

「誰が貧相な従者を相手に！」

「ならば構わないな？」

「構わないわよっ！」

（もう駄目だ。このお嬢様、本当に脊髄反射だけで会話している。止めようがないや）

サムはもうエリカを止めることは諦めた。

「よし、いいだろう。では、決闘だ！　僕が勝ったら、貴様を奴隷《どれい》にしてやる！」

「は？　ちょっと、そんなことをさせるわけに」

「あんたは黙ってなさい！　いいわ、できるものならやってみなさい！」

突然、言い放たれた「奴隷」宣言に、サムが口出ししようとするも、味方であるはずのエリカに遮られてしまった。

「あーもうっ！　エリカ様はもう喋らないでください！　こんな馬鹿げた決闘を真面目に受けてどうするんですか！」

「あんたには関係ないでしょ！　あたしが受けた決闘なんだから！」

「言っておくが、そっちの従者などいらないが奴隷にするときは一緒に奴隷にしてやるからな！」

「ほら！　俺まで巻き込まれてるじゃないですか！　ていうか、負けたほうが奴隷とかいつの時代の決闘ですか！」

「知らないわよ！　勝てばいいのよ、勝てば！」

「ちょっとは後先考えましょうよ！」

サムが悲鳴を上げるが、エリカは止まらない。

あれよあれよという間に、冒険者ギルドを介した正式な決闘がとんとん拍子《びょうし》に決まってしまった。

サムとエリカは、敗者が奴隷になる条件で決闘に挑むことになってしまったのだった。


ギルドの外へ出たサムとエリカは、観衆に囲まれながら貴族の少年たちと睨み合っていた。

(参ったな。まさか決闘になるなんて、いつになったらダンジョンに挑めるのかな)

決闘に意気込むエリカたちを尻目に、サムは内心ため息をついていた。

言い方は悪いが、子供の喧嘩に巻き込まれた気分だ。

いや、実際そうだろう。

前世から数えたらサムのほうが年上だ。

成人しているとはいえ十代半ばの少年少女の決闘など、高校生の喧嘩くらいにしか思えなかった。

「わかっていると思うが、正式な決闘である以上、死んでも恨《うら》むなよ」

「それはこっちの台詞よ！」

今にも唸《うな》り声《ごえ》を上げそうなエリカに、サムの頭痛が増していく。

魔法使い以前に、こうも挑発に弱いと心配になる。

モンスターは挑発してくることはないかもしれないが、今回のように人間相手だと別だ。

挑発はもちろん、人質を取ることや、もっと卑怯な手を取ることがある。

エリカのようにいちいちムキになって相手にしていたらキリがないし、命の危険だってある。

(注意しても……聞いてくれそうもないなぁ)

怒りを抱えて戦うな、などと言うつもりはない。

ときには怒りが力になることもあることはサムもよく知っている。

だが、安い挑発に乗って、視野を狭めては危険だ。

怒りながらも、心は冷静にしなければならない。

とはいえ、頭に血が上っている今のエリカにそれを言っても聞き入れてはくれないだろう。

エリカからしてみたらサムは成人さえしていない子供だ。

サムが自分の敬愛する姉の弟子であったとしても、そのこと自体を認めないこともあって、注意すればするほど逆効果になりそうで怖いので、結局サムは黙っていることにした。

その間にも、エリカとドルガナの睨み合いは続いている。

「小汚いダンジョンに挑むなど面倒だと思ったが、思いがけず質の良い奴隷が手に入りそうだ」

いやらしく笑うドルガナは、すでに勝った気でいるらしい。

（この貴族のお坊ちゃんはどうしてあんなに自信満々なんだ？　かなりの使い手……には見えないんだけどなぁ）

立ち振る舞いが素人にしか見えない。

魔力もあまり感じない。

従者の少年少女も、立ち振る舞いこそ少し武芸を齧った者だと思われるが、魔力は持っていないようだ。

（はっきり言って――弱いだろ、こいつら）

まさか、弱いフリをしているとは思えない。

サムの見る目が確かなら、三人を相手にしてもエリカ一人で勝てるだろう。

ただし、エリカが冷静に戦えれば、だが。

「エリカといったな」

「気安くあたしの名前を呼ばないでくれる？」

「ははは、その気の強いところが実にいいぞ。屈服させるのが今から楽しみだ」

「おえっ、趣味悪っ」

「まずは、貴様の主人となる僕の名前を覚えてくといい。僕は、ドルガナ・ランズグリーだ！　ランズグリー子爵家の長男だ！」

「あ、そう」

「いいぞいいぞ、その強気な態度がいつまで続くか見物だな！　あとで奴隷は嫌だと泣き叫んでも、遅いからな！」

胸を張り、子爵家の者であることを自慢げに告げるドルガナ。

だからなに、と言わんばかりの態度のエリカ。

実際、エリカのほうが伯爵家で爵位が高いので、お家自慢をされても特に思うことはないのだろう。

（エリカ様のご実家のほうが爵位が上なんだけどな、伯爵家だし）

いっそ教えてやりたかったが、エリカは家名を名乗ることはしないようだ。

彼女はあくまでも、ひとりのエリカとしてこの場に立っている。

サムもエリカの意を汲んで余計なことは言わない。

（でもなぁ、ウォーカー伯爵家の四女だって言えば、こいつらがビビって終わりの気がするんだけど）

そうしたらそうしたで面倒なことが起きそうな予感もしないわけではないが、さっさと決闘騒ぎが片付いてダンジョンに挑めるならそれでもいい。

サムが腕を組んでため息をついている間に、話は進んでいく。

「そっちこそ死んでも後悔しないようにね」

「――はっ、笑わせるな！　ロイド！　リジー！」

「はっ」

「はい！」

ドルガナは背後に控《ひか》えていた少年少女に声を荒らげた。

背筋を伸ばして返事をするふたりに、子爵家の少年が命令する。

「僕に恥をかかせるなよ。お前たちのすべきことはわかっているな？」

「もちろんです」

「ドルガナ様のお心のままに」

「わかっていればいい」

向こうは従者と意思疎通ができているようだ。

サムはエリカに近づき、そっと声をかける。

第5章

エリカ様とお出かけです

「あの、エリカ様」

「なによ」

「一応、俺たちも作戦とか立てておいたほうがいいんじゃないでしょうか？」

「……あんたと協力するつもりはないわ」

「えっと、なぜですか？」

「あたしはあんたを認めていないもの。そもそも、あんたにどれほどの実力があるのかだってわからないわ。そんなあんたと作戦なんて立てたって無駄でしょ」

（……だと思った。一応、言ってみただけさ）

「じゃあ、どうするんですか？」

サムの問いかけに、ふんっ、とエリカが鼻を鳴らす。

「あたしがあいつらをまとめて倒すから、あんたは邪魔にならないように見ていなさい」

「……わかりました」

少々、物言いには腹が立ったが、彼女の言っていることも間違ってはいない。

エリカがサムの実力を知らないように、サムも彼女の力がどれほどのものなのかわからない。

そんな中、協力しろと言われても、難しいのは確かだった。

サムも同じ立場なら、エリカ同様ひとりで戦うことを選択しただろう。

しかし、この状況下でそれを許すほどサムは馬鹿ではない。

エリカの実力をサムが知らない以上、あまり強そうではないドルガナたちが相手でも敗北する可能性がある。

そうなれば奴隷落ちしてしまう。

ウルの家族をそんな目に遭《あ》わせるわけにはいかないのだ。

「エリカ様」

「さっきからなによ！」

「協力しないのは構いませんが、ならせめて俺ひとりに戦わせてくれませんか？」

「あんたねぇ。成人してもいない子供の後ろに、あたしに隠れていろっていうの!?」

「い、いえ、そういうわけじゃ」

「あたしはそんな恥知らずじゃないわ！　見てなさい！　あいつらを完膚《かんぷ》なきまで叩きのめしてあげるから！」

（はぁ……やっぱり俺には戦わせてくれないのか。これ以上言っても聞いてくれないだろうし、見守ることにしよう。最悪、――三人まとめて殺してしまえばいい）

亡き最愛の師匠の家族が危険な目に遭うくらいなら、有象無象《うぞうむぞう》の命を奪うことに抵抗を覚えることなどない。

せいぜい傲慢な行いをしたことを死んでからあの世で悔《く》やめばいい。

第５章

エリカ様とお出かけです

物騒な決意をしたサムの心中など知らずに、エリカとドルガナの決闘が始まる。

冒険者ギルドの職員が、立会人としてサムたちとドルガナたちの間に立った。

「それでは、冒険者ギルド立ち合いの決闘を――」

立会人が、いざ決闘の始まりを宣言しようとしたときだった。

「――食らえぇぇぇぇぇぇぇぇぇぇぇぇぇっ！」

合図がまだにもかかわらず、先制攻撃とばかりにドルガナが魔法を放ったのだ。

無論、これはルール違反、反則だ。

これにはサムが反応できなかった。

まさか、立会人まで立てた正式な決闘で、こんな暴挙を行う馬鹿が実際にいるとは思っていなかった。

この時点で、ドルガナの反則負けである。

しかし、問題はそこではない。

ドルガナが放った無数の水魔法の槍がエリカに襲い掛からんとしているのだ。

サムは自らがエリカを守るのは間に合わないと判断し、叫んだ。

「――っ！」

大声に反応したのか、茫然《ぼうぜん》としていたエリカが弾《はじ》かれたように魔法障壁《まほうしょうへき》を張る。

しかし、

「きゃあぁああああああああああああああああっ！」

魔法障壁のおかげで水の槍がエリカを突き刺すことはなかったが、勢いまでも殺すことはできず、彼女は大きく後方に吹き飛ばされてしまう。

そのまま、二度、三度、地面をバウンドしながら転がっていく。

「エリカ様っ！」

サムが急ぎ駆け寄った。

「エリカ様っ、大丈夫ですか？　エリカ様！」

「う、うぅ」

小さく呻き声を上げるエリカを抱き抱える。

見たところ、流血はしていない。

視線はこちらに向いているが、頭を打ったのか、意識が朦朧《もうろう》としているようだった。

「はははははは！　油断していたな！　これで貴様たちは僕の奴隷だ！」

「ドルガナ様！　これは反則です！　ギルドの立会人としてあなたの勝利を認めるわけにはいきません！」

勝ち誇るドルガナに冒険者ギルドの立会人が抗議するも、彼は太々《ふてぶて》しい態度で知らぬと言う。

「黙れ！　たかがギルド職員程度が僕に意見するな！　殺されたいのか！」

「あなたこそ、このような暴挙がまかり通るとお思いですか！」

さすがに冒険者ギルド側もドルガナの蛮行《ばんこう》を認めなかった。

しかし、ドルガナはギルドの声など気にも留めていない。

「──結局、お前は決闘するつもりなんてなかったってことか？」

「当たり前だ！　なぜ貴族の僕が、貴様たちのような平民と対等に戦わなければならないのだ！」

「じゃあ、もういい」

「なにを言っている！　早くその女をよこせ！　さっそくかわいがってやろう！　おい、あの女を回収しろ！」

「はっ！」

「はい！」

ドルガナの命令に、従者たちが近づいてくる。

奴らはエリカを手に入れた後、間違いなく奴隷として扱うのだろう。

──それは認められなかった。

意気揚々《いきようよう》と従者の後からこちらに向かってくるドルガナに向けて、サムはエリカを守るように抱きしめると、腕を掲《かか》げる。

そして、三人に掌《てのひら》を向けた。

「貴様、なんだ、その態度は？」

「――よくもウルの妹を……ウルの大切な家族を傷つけたな」

サムは怒りで頭がどうにかなってしまいそうだった。

今にも暴れだしたくなる衝動を必死に堪え、冷静になれと自らを叱咤《しった》する。

その上で、大切な師匠の家族を馬鹿にした奴らに罰を与えろと、心が叫んだ。

「まさかとは思うが、従者如《ごと》きが僕と戦うとでもいうのか？　いいだろう。ならかかってこい！　僕の華麗《かれい》な魔法で貴様を串刺しにしてやる！」

「馬鹿馬鹿しい。相手の実力も見抜けない、ただ魔法が使えるだけのガキが、ウルの大切な家族を奴隷にするだと？　俺を串刺しにするだと？　――笑わせるな」

サムは三人に向けていた掌を、力強く握りしめる。

「――ゴーレムよ、あいつらを拘束《こうそく》しろ。握り潰しても構いやしない」

刹那《せつな》、地面から巨大な腕が生えた。

「うわぁあああああああっ！　なんだっ、なんだっ、この腕はぁああああああああ!?」

絶叫するドルガナと啞然《あぜん》とする従者ふたりを、唸りを上げて近づく巨腕が拘束し、握りしめていく。

「な、なんだこれはっ！　くそっ、放せ！　おいっ、貴様！　魔法が使えたなんて卑怯《ひきょう》だぞっ！」

ゴーレムの腕に捕らえられながら、必死にもがき唾《つば》を飛ばすドルガナをサムが睨む。

「エリカ様に不意打ちをしておいて、よく俺を卑怯だなんて言えるな」

「僕は貴族だぞ！　僕がルールなんだ！」

「たかが子爵家程度が偉そうに」

「なんだとっ！」

よほど子爵家ということが自慢なのだろう。

サムの言い放った「子爵家程度」という言葉に、顔を真っ赤にしてドルガナが激昂する。

「怒るのは勝手だけど、いいのか？」

「なに？」

サムが自らの握る手に力を込めると、巨腕が三人を潰さんとする。

「ぐぁあああああああああああああっ⁉　やめっ、やめろっ、いたいっ、いたいぃいいいいいいいっ⁉」

「きゃぁああああああああああっ！」

「ああああああああああっっ！」

ドルガナはもちろん、彼の従者たちも一緒に絶叫した。

ミシミシと三人の身体が軋《きし》む音が聞こえてくる。

涙とよだれを無様に流しながら、ドルガナたちはただ叫ぶことしかできない。

このままでは、待っているのは明確な――死。

彼らの顔が痛みだけではなく恐怖に怯え出したのを確認すると、サムは魔力を止め、巨腕の圧を緩めた。

「さあ、選ばせてやるよ」

一時的に痛みから解放され、全身で息をする少年少女にサムが告げる。

「降伏して奴隷になるか？　それとも、このまま握り潰されるか？」

サムの問いかけに、従者のふたりは返事をする気力さえないようだが、ドルガナだけは違った。

「馬鹿な！　なぜ僕が、奴隷になど！」

まだ抵抗できることに少し感心する。

どうやら傲慢な態度と同じくらい身体が頑丈らしい。

それとも、ただ鈍いだけかどちらかだろう。

(手も足も出ない状況でよく吠《ほ》えるな。よほど根性があるのか、いや、きっと状況が把握できない馬鹿なんだろうな)

「お前、馬鹿だろ？　この決闘は、勝者が敗者を奴隷にするルールだろ？　お前らが負けたら、奴隷になるのはお前たちに決まっているじゃないか」

サムの言葉に、ドルガナが弾かれたように立ち合い人を見た。

「正式な書面でサインされているので、この決定はたとえこの国の国王陛下でも変えることはできません」

立会人の言葉に、ドルガナの顔が真っ青になる。

（ま、もともと反則負けなんだけどな）

どうやら立会人は、ルール違反をしたドルガナたちがサムに敗北しようとしている状況を見て、あえて決闘を止めずに最後までやらせてくれるようだ。

ありがたい。

ドルガナのようなわがまま貴族を相手にしているのだ。

最後まで決着をつけないとあとでうるさいに決まっている。

なによりも向こうが喧嘩を売ってきたのだから、しっかり後悔してもらわなければサムの気もすまない。

「な、なら降伏などしない！　絶対にだ！」

「なら、死ねよ」

サムは再びゴーレムの巨腕に力を込めた。

「ぎゃぁあああああああああああああっ⁉」

みっともない悲鳴が周囲に木霊《こだま》する。

最初こそ子供の喧嘩を眺めてやろうとしていた観衆たちも、サムの実力とドルガナを苦しめる容赦《ようしゃ》ない責めに声を失って、ただ見ているだけだ。

「や、やめっ、貴様ぁっ！　貴族をっ、僕をっ、殺すつもりかぁああああああああああああああっ!?」

「意外と余裕があるな、まだそんなにお喋りができるのか」

「貴族をっ、殺してっ、無事ですむとぉ、思うなよっ！」

「あのな……そもそもお前が最初に死んでも後悔するなって言ったじゃないか。どんな根拠があって自分なら殺されないって思っていたんだ？」

さらに締め付けを強くした。

ギシギシと巨腕が三人の身体を締め上げていく。

そして、ごきりっ、と耳障《みみざわ》りな鈍い音がした。

「ぎゃぁあああああああああああああああああああああっ!?」

絶叫したのはドルガナだった。

「腕がぁ、僕の腕がぁぁあああ!?」

「最後通告だ。降伏するか、死ぬか、選べ」

腕を折られて悲鳴をあげるドルガナに、サムは淡々と言い放った。

もしここでドルガナが降伏することを拒否するのであれば、一切の躊躇《ためら》いを見せず殺すつもりだ。

最愛の師匠の大切な家族への蛮行は、死んで償《つぐな》うべきだと本気で思っている。

それだけのことをこいつらはエリカにしたのだ。

二度、尋ねるつもりはなかった。

返事をしないドルガナたちを殺さんと魔力をゴーレムに流そうとする。

が、

「ま、待ってくれ！　まいった！　僕の負けでいい！　だから頼む！　殺さないでくれ！」

涙と鼻水を垂らしながらドルガナが情けなく叫んだ。

腕を折られ、逃げることも敵わず、そしてサムが本気で自分のことを殺すつもりだとわかったのだろう。

サムは立会人と視線を合わせると、頷いた。

「そ、それまで！　サミュエル・シャイトの勝利！」

一方的な結果となった決闘の終わりを、立会人が告げた。

刹那、静寂を守っていた観衆たちが、サムの勝利を讃《たた》えんと沸き立ったのだった。

巨腕で握りしめていた三人を解放し、地面に放り投げる。

「――つまらない奴らだった」

勝敗などどうでもいい。

そもそもまともな勝負にすらなっていなかった。

ドルガナたちが反則をした時点で、決闘をする意味がなかったが、エリカに不意打ちをしたことだけは許せなかった。

紆余曲折《うよきょくせつ》があったものの、結果が出た以上、ドルガナたちに待っているのは奴隷となる未来だ。

「……貴様っ。このことがパパの耳に入れば、貴様などただではすまないぞ！　わかっているのか！」

「もう黙っていいよ」

決闘の間、抱き抱えていたエリカをそっと地面に横たえると、降伏したにもかかわらず足掻《あが》こうとするドルガナの顎《あご》を爪先で容赦なく蹴り上げた。

声を上げることなくひっくり返ったドルガナはぴくりともしない。

気絶したようだ。

「最後までうるさい奴だったな」

これ以上、わがままな子供に付き合うだけ時間の無駄だとサムは判断した。

第５章

エリカ様とお出かけです

今ではすっかり静かになりせいせいする。

「そんなことよりも、エリカ様を医者に見せないと」

もうドルガナたちに興味をなくしたサムが、エリカを再び抱き上げて医者を探そうとする。

「あの！」

すると、サムの足元にドルガナの従者である少年少女が揃って膝を突いた。

「邪魔なんだけど、どいてくれる？」

冷たく言い放つサムに、ふたりは揃って地面に額がつくほど深々と頭を下げた。

「どうか、どうかお許しください！」

「今回の決闘をなかったことにしていただけないでしょうか！」

平伏しながらも、そんなことを言い出す従者たちにサムは呆《あき》れた。

「今さらなに言ってるの？　まさか自分たちが降伏していないから負けてないなんていうなら、もう一度戦ってやってもいいんだよ？」

サムは苛立ちを隠さず睨む。

エリカを早く医者に見せたいのに、邪魔をするふたりに殺意すら湧いた。

もし、ふたりが性懲りもなく決闘を望むのなら、時間をかけず命を奪おうと考えた。

「い、いいえ！　私たちではあなたに勝つことはできません！　敗北を認めます。ですが、奴隷だけはお許しください！」

「なにを調子のいいことを」

決闘に負けて奴隷になることが決まっていながら、それを不服と訴えてくるふたりを相手にするだけ無駄だと判断し、エリカのために医者を探そうとする。

しかし、ふたりはサムを逃さんとばかりに足にしがみ付いてきた。

「邪魔だ！」

「わ、私はリジー・マイケルズです！　マイケルズ男爵家の娘です！　こちらは従兄弟《いとこ》のロイドです！　私たちは父に命じられてドルガナ様の従者をしていただけなのです！」

「だからなんだって言うんだ？」

「ドルガナ様の横暴をお止めできなかったことは心から謝罪致します！　しかし、最悪の事態になる前にお止めするつもりでした！」

「止めなかったじゃないか。もういい、さっさとどいてくれ」

うんざりだった。

リジーとロイドは好き好んでドルガナに従っていたわけではないのかもしれない。

だが、今さら止める気があったなどと言おうとも、彼女たちは止めなかった。

止めなかったから決闘となり、敗北したのだ。

「いいえ！　誤解です！　決闘後に、ドルガナ様をお諫《いさ》めするつもりでした！」

「あのさ、してもいないことの話をされても困るから。あんたたちは負けて奴隷になる。それで終わりだ」

リジーの腕を払い、サムが立ち去ろうとする。

「――貴族を敵に回すおつもりですか？」

すると、背後からそんな声をかけられ、サムは足を止めて、振り返った。

「脅しか？」

「事実です。あなたが私たちを奴隷として扱おうとしても、いずれは助け出されるでしょう。そのときに後悔されるのはあなたのほうです。これは、あなたのためを思って言っているのです」

（いい加減、面倒になってきたな）

馬鹿な主人のせいで自分まで奴隷になりたくないのだろうが、そんな主人を止めなかった責任は彼女にもある。

そもそも奴隷だなんだと言い出したのは相手側で、サムはこんな鬱陶《うっとう》しい三人など欲しくもなかった。

だからといって奴隷にしない、と言ってしまえば彼女たちはつけ上がり、反省をしないだろう。

ならば、選択肢は限られる。

「じゃあ、後腐れなく殺したほうがいいかな」

明確な殺意を持ってサムがリジーを睨みつけると、彼女は大きく身体を震わせた。

「――ひっ⁉　そ、それこそ、貴族を敵に回します！　いくらでこの場を収めていただけますでしょうか？　誠意を尽くしますので！　どうか、奴隷だけはお許しください！」

奴隷はいらないが、エリカを傷つけたリジーたちを許すつもりは毛頭ない。

だが、リジーも必死に食い下がってくる。

いい加減、サムの我慢も限界だった。

このままエリカを医者に見せることができず、時間ばかりが過ぎていくようなら、口を利けなくしてしまうほうが早い。

(別にそれでもいいか)

エリカを害した奴らに時間を割くのが惜しい。

サムは三人を始末する選択をした。

魔力を高め、身体を強化する。

そして、片腕を足元ですがりつくリジーへと向けた。

「おぼっちゃま、おぼっちゃま！　少しお時間をいただけないでしょうか？」

「――ん？」

背後から明るい声をかけられてしまい、サムの殺意が霧散してしまう。

第5章

エリカ様とお出かけです

誰だ、と思い振り返ると、恰幅《かっぷく》の良い中年男性が笑顔を浮かべて立っていた。

「いやはや、お見事な魔法でした。あれほどの魔法を難なく、それも詠唱《えいしょう》せずにお使いになられるとは、この私めは感動致しました！」

「あんた、誰？」

手を揉みながら近づいてくる中年男性を警戒しながら、短く問う。

彼は笑みを深め、サムに大きく手を広げた。

「ご警戒されずともよいですよ。私はしがない商人でございます。よろしければ、医者を連れていますので、エリカ様の診察をさせましょうか？」

「医者がいるのか？」

「ええ、もちろんです。隊商で移動しておりますゆえ、医者は数人おります」

「目的はなんだ？」

商人の申し出はありがたいが、ただの善意というわけではなさそうだった。

本音を言ってしまえば、すぐに医者にエリカを診せたいが、その結果また揉めることになるのは好ましくない。

「ご心配なさらないでください。私めはただ、ウォーカー伯爵家に恩を売りたいだけの商人でしかありません」

「え？　……ウォーカー伯爵家？」

商人の言葉に反応したのは、未だ地面に膝を突いたままのリジーたちだった。

「おや？　あなた方はエリカ様がウォーカー伯爵家のご令嬢と知らずに喧嘩を売っていたのですか？　先ほどから貴族うんぬんでおぼっちゃまを脅していたようですが、あなたたちのお家のほうが危険なことになるかもしれませんよ？」

「そ、そんな」

リジーは顔を真っ青にした。

まさか子爵家であることを武器に喧嘩を売っていた相手が、爵位が上の伯爵家の令嬢だったとは夢にも思わなかったようだ。

しかし、そんなことは後の祭りだ。

「そんなことはどうでもいいんだ。それよりも、医者がいるんだな？」

「いますとも。ぜひ私めのテントにおいでください」

「一応確認するが、なぜエリカ様を知っている？」

「王都の商人で、エリカ様を知らない人間などいませんよ。魔法をお使いになられ、元宮廷魔法使いのウルリーケ様の妹君です。むしろ、知らずに喧嘩を売った彼女たちのほうが信じられませんな」

「ただの善意ではないだろ？　なにが目的だ。はっきりさせておいてくれ」

「さすがおぼっちゃま！　話が早い！　いえいえ、金など要求しません。難しいことも言

第5章
エリカ様とお出かけです

うつもりはございません。ぼっちゃまに得のあるお話です」

「もったいぶらずに早く言ってくれ」

「では、単刀直入に――その奴隷にした三人を私めに売っていただけませんか？」

「なんだって？」

商人の申し出にサムは戸惑った。

正直、奴隷などいらない。

向こうが勝手に仕掛けて来て、敗北したので、結果的に奴隷を手に入れただけだ。

誇り高いエリカのことを考えれば、奴隷などいらないと放り出す可能性だってある。

「どうやらぼっちゃまには奴隷は必要ないでしょうし、お邪魔でしょう？　ウォーカー伯爵家なら心配ないでしょうが、奴隷としてこの方たちを所持していたら面倒なことになる。ならば、私めに売っていただけませんか？」

つまり面倒ごとを引き受けてくれるということだ。

ならば迷うことはない。

エリカが起きていれば、彼らを許し解放したかもしれないが、サムは許せない。

大切なウルの家族に手を出し、あろうことか奴隷にしようと企んだ人間たちを解放などするわけがないのだ。

「――わかった」

「おやめください！　お願いです！　ウォーカー伯爵家の方だと知っていたら、このような無礼なことは！　心から謝罪します！　ですから！」

「ご決断に感謝しますぞ。貴族の奴隷などそうそう手に入りませんから、需要はあるのです。男でも女でも、好事家《こうずか》にとっては喉から手が出るほど欲しがるものなのですよ」

「――ひっ」

「なんだったらくれてやるから好きにしてくれ。それよりも、俺はエリカ様を早く医者に診せたいんだ」

「そうでしたね。失礼しました。ではお値段のほうは後でご相談しましょう。では、エリカ様を私めのテントへ。そこに医者がおりますゆえ」

許しを懇願《こんがん》するリジーを無視し、サムと商人は話を進めてその場を後にしようとする。

満面の笑みを浮かべた商人が目配せすると、離れていた部下と思われる人間たちが近づき、倒れているドルガナとリジーたちを連れて行こうとする。

「触らないで！　助けてください！　お願いします！」

リジーが必死に叫び、ロイドも抵抗するが、救いの手を差し伸べる者はいなかった。

観衆たちも彼女たちが権力を振りかざし、決闘を決め、反則した挙句、圧倒的な実力差の前に敗北した一部始終を目にしたのだ。

自業自得であり、助ける理由がなかった。

サムは、涙ながらに訴えるリジーの叫びを無視して、エリカを抱きかかえたまま商人のテントに向かうのだった。

「……ん、んん」

「エリカ様、エリカ様。目が覚めましたか？」

ガタゴト、と音を立てて進む馬車の中で、エリカが目を覚ましてくれた。

サムはほっと一安心する。

「あれ？　あたし」

「軽い脳震盪《のうしんとう》のようです。医者に診てもらいましたが、大事ありません」

「……決闘は？」

「俺が勝ちました」

「……やっぱり。なんとなく覚えているわ」

すでに決闘から一時間が経過していた。

サムとエリカは商人が用意してくれた馬車で王都に戻る道中だ。

あの後、金も奴隷も面倒ごとも必要ないサムは、商人に三人の少年少女をただ同然で渡した。

そのお礼として、頑丈で足の速い馬車を借り受けることができたのだ。

すでにギルドを介した正式な手続きを行い、ドルガナたちは商人の所有物となっている。

今後、彼らがどうなるのかは、サムの知ったことではない。

「ご無事でよかったです」

「――笑わないの？」

「どうしてですか？」

問われた意味がわからずに、サムは首を傾げた。

エリカを笑う理由など、見当がつかない。

しかし、エリカは顔を歪ませて、目を腕で覆ってしまう。

「決闘するって大見得《おおみえ》きって、結果はこんなよ。あんたがいなかったら、あたしは今ごろ奴隷でしょ」

「それはありえませんよ。向こうが反則負けです。結果は変わりません」

最終的にサムがドルガナたちを降伏させ勝利したが、別に戦わずとも彼らが反則負けなのは間違いなかった。

子爵だからと偉ぶっていた彼らだが、そんなもの冒険者ギルドには通用しない。

どちらにせよ、彼らの反則負けは変わらないのだ。

ただ、サムはエリカを傷つけた彼らを許せず、手を下しただけ。

エリカが奴隷になることは絶対にあり得なかった。

「──ごめんなさい」

「え？」

突然すぎるエリカの謝罪に、サムは耳を疑った。

出会ってからずっと、頑《かたく》なな態度だったエリカから初めて謝罪されたのだ。

しかし、謝罪の理由がわからない。

「どうしたんですか、急に」

「あんたのおかげで惨《みじ》めな目に遭わなくてすんだわ」

「謝罪なんていりませんよ。俺がしたいから、そうしただけです。ですけど、これからはもう少しだけ、後先を考えて行動しましょうね」

「うん」

素直に返事をしてくれたエリカに、サムはこれ以上なにかを言う必要はないと思った。

猪突猛進《ちょとつもうしん》だったエリカが嘘のように大人しく、自分のしたことを反省してくれた。

ならば、不必要に苦言を重ねるつもりはない。

（でも、どうして急に態度が変わったのかな？）

「あのね」

「はい」

しばらく様子を窺っていると、エリカのほうから小さく口を開いてくれた。

「あたしね、あんたに嫉妬《しっと》していたの」

「嫉妬？　俺に、ですか？」

「当たり前じゃない。だって、ウルお姉様の唯一の弟子で、すべてを受け継いだ後継者だなんて……」

「エリカ様」

「悔しかったの。認めたくなかったのよ。だから、あんたに理不尽に当たって……ごめんなさい」

腕で隠している彼女の瞳《ひとみ》から涙が流れ頰を伝う。

「気にしていませんよ」

「でも、あたしは気にするわ。馬鹿なあたしのせいで馬鹿貴族と決闘して、こんな体たらくよ。あたしは、あたしが情けないわ」

エリカは小さく嗚咽《おえつ》を漏らし始めた。

サムは気づかぬふりをすることしかできない。

「……ウルお姉様が死んだって聞いて信じられなかったのに、全部を受け継いだあんたがいて、あたしは目標もなにもかも失ったの。八つ当たりだってわかっていても、あんたのせいにしたかったの」

「ご家族を亡くされたんですから無理もありませんよ」

「――でも、大切な人を失ったのは、あんただって同じでしょう」

「ウルは、俺の大切な、最愛の人でした」

「なら、あたしのしたことは最低よ。同じように苦しんでいる人に、酷いことをしたんだから……ごめんなさい、ごめんなさい！」

ボロボロと涙を流すエリカの手を、そっとサムが握りしめる。

「いいです。俺はずっとウルと一緒にいられただけエリカ様よりも恵まれていましたから。お別れもできました。それだけで、いいです」

「ごめんなさいっ、ごめんなさい！」

謝罪を続けるエリカの手を握り、サムは宥《なだ》めた。

大切な人を失った気持ちは痛いほどわかる。

とくにエリカにとっては大切な肉親でもあるのだ。

サムよりも一緒にいた時間は長い。

そんな彼女が、悲しみから八つ当たりをしたからといって責めることなどできるはずがない。

サムは、彼女が本心を語ってくれたことが嬉しかった。

エリカと歩み寄ることができたことが嬉しかった。

（――ウルはみんなに愛されているよ）

亡き師を想いながら、サムはエリカを慰め続けるのだった。

×　×　×

馬車に揺られて時間が過ぎ、もう少しで日が変わろうとするころ。

サムとエリカはようやく王都に戻ってくることができた。

ダンジョンから王都までの道中、ふたりはいろいろな話をした。

そのほとんどがウルのことだった。

ふたりの共通点はウルという尊敬すべき魔法使いが近くにいたことだ。

彼女を慕い、憧れ、目標にしているサムとエリカは、一度打ち解けてしまえば自然と会話が弾んだ。

今ではすっかり良き友人として関係が成り立っている。

「あ、そろそろ屋敷に着くわね」

「きっと旦那様たちがお怒りですよ」

「……そうよね」

項垂《うなだ》れるエリカにサムは苦笑する。

王都に入ってすぐ、商人の配下が手紙を渡してくれた。

第5章
エリカ様とお出かけです

その手紙は、ウォーカー伯爵家当主ジョナサンのものだった。

どうやら一足先に、ウォーカー伯爵家に使いを出してくれたらしい。

ジョナサンはエリカの行動に激怒していた。

客人を勝手にダンジョンに連れ出したことはもちろん、決闘騒ぎを起こした挙句、負傷したことに。

その後始末をサムにさせてしまったことにもかなりお怒りだった。

結果的には何事もなく帰ってくることができたからよかったものの、なにかが間違えば、今ここにエリカがいなかった可能性だってあるのだ。

父親として正当な怒りだった。

エリカ自身も、悪いことをした自覚があるので大人しく伯爵からのお叱りを受けるしかないとわかっているようだ。

「ねえ」

「なんですか?」

「今日はありがとう。あと、今までごめんなさい」

「もう謝らなくていいんですよ」

「そ、そう?　でも、その、あの、ごめんね」

なにか言葉を探して結局謝罪してしまうエリカに、サムが小さく笑う。

確かに、お世辞にもいい態度を取られたわけではないが、エリカがしたことなど目を合わせない、挨拶を無視するくらいのかわいいものだ。

そのくらいのことでいちいち腹を立てたりするほどサムも大人気なくない。

どちらかといえば、良くも悪くも感情的なエリカらしいと思えた。

今は反省してくれているし、サムとしてはもう謝罪してもらう必要を感じない。

「あ、あのね、サム」

「……エリカ様？」

サムはわずかに驚いた。

思い返せば、エリカが自分の名を呼んだのはこれが初めてだった。

「サムをウルお姉様の弟子として、いいえ、あたしたちの家族として認めるわ。だから、その、今度時間があったら、またお姉様の話をしてもいい？」

恐る恐る尋ねてきたエリカに、サムは笑顔を向けた。

「もちろんです」

「ありがとう」

「俺のほうこそ、ありがとうございます」

ウルの大切な家族から、家族として認めてもらったことに、サムはどうしようもない喜びがこみ上げてくるのだった。

第6章

変態が現れました

episode.06

Izure saikyou ni itaru tensei mahou tsukai

「──ううう、パパとママったら、あんなに怒らなくても、あたしはちゃんと反省したって言ってるのに……サムがとりなしてくれなかったら、お小遣いカットだけじゃなくて、しばらく謹慎《きんしん》だったわ」

エリカがサムを『はじまりのダンジョン』に連れ出してから三日が経っていた。

客人を勝手に連れ出したどころか、勝敗によっては奴隷になるような決闘騒ぎを起こしたエリカは、両親から大目玉を食らった。

しかし、なんだかんだと娘に甘い父ジョナサンは、半年の小遣いカットと、げんこつを落とすことで怒りを鎮めてくれた。

当のエリカ本人がちゃんと反省し、サムへの態度を改めていたのがよかったのだろう。

それ以上に、一番振り回されたサムがエリカをフォローしてくれたのも大きい。

でなければ、今頃、自室で謹慎させられていたに違いない。

娘たちに厳しい母も相当お怒りだったようで、迷惑をかけた冒険者ギルドに謝罪に行かされもした。

そんな両親に今日も小言を言われたのは、ランズグリー子爵《ししゃく》から連絡があったからだ。

というか、抗議だった。

エリカも両親から聞かされたのだが、どうやらダンジョンに向かい、一向に帰ってこない息子と従者を捜してみたら奴隷落ちしていたことに絶句したと言う。

情報を集め、ウォーカー伯爵家《はくしゃくけ》のエリカが関わっていることが判明すると、怒りを露《あらわ》にしたそうだ。

要は「お前たちの娘のせいで息子たちが奴隷《どれい》になった、どうしてくれるんだ！」という内容の抗議文が届いたらしいのだが、ジョナサンは取り合わなかった。

喧嘩《けんか》を売ってきたのは相手のほうであり、奴隷の提案をしたのだって、エリカを手籠《てご》めにしようと企んだからだ。

それらの証言はすべてギルドの職員から正式なものとして聴取している。

しかも、ドルガナはサムに痛めつけられて降伏したものの、それ以前の問題として反則負けだったとある。

ランズグリー子爵からすれば、息子が知らぬ間に奴隷になっていたことは看過《かんか》できないだろうが、すべて自業自得である。

またランズグリー子爵がウォーカー伯爵の敵対派閥に所属していることも運が悪かった。

これがもし、同じ派閥の家であれば、ウォーカー伯爵も裏でいろいろ手を回しただろう。

しかし、相手は敵対派閥の人間であり、なによりも娘を貶《おとし》めようとした人間の親だ。

サムがいなければ最悪の可能性があっただけに、ジョナサンはランズグリー子爵の訴えをすべて無視したのだ。

それ以前の問題として、ちゃんとした手続きを踏んで奴隷になったドルガナたちを解放する手段は少ない。

結局、あの商人に相場の倍以上の値段を吹っかけられて泣く泣く支払ったらしい。

ウォーカー伯爵家としては関わる気がないので、勝手にやってくれ、というスタンスだった。

「サムはどこにいるのかしら？」

決闘の一件以来、エリカのサムへの態度は軟化している。

むしろ、よき友人として、いや、年下の弟を構う感じにまでなっている。

昨日も、姉とどんな旅をしたのかお茶の席で話を聞き、エリカもウルとの思い出をサムに語った。

「中庭でリーゼ姉様と稽古《けいこ》しているのかしら？」

姉の使っていた魔法を教えてもらう約束をしたエリカは、サムと訓練をしたいのだが、リーゼもサムといっしょに鍛えたいと弟の取り合いが起きている。

とくにリーゼは、鈍《なま》っていた剣の腕をもう一度鍛えるとともに、教えれば教えただけ強くなるサムと訓練するのが楽しくて仕方がないようだった。

エリカとしても、一時期は塞《ふさ》ぎ込《こ》んでいた姉が笑顔で剣を振るう姿を見ることができるのは嬉しいが、それはそれ、これはこれである。

サムからウルの魔法を学べば、目標に近づくことができるのだ。

第6章

変態が現れました

姉には悪いが、自分だってサムと時間をともにしたかった。

リーゼもエリカも、サムという年下の少年に夢中だ。

弟子として、弟として、かわいくてしかたがないようだった。

「そろそろお昼だから、午後からはあたしの番よね」

姉はごねるだろうが、独り占めは許さない。

そんなことを考えながら、中庭に向かうエリカ。

すると、

「やあ、久しぶりだね、エリカ」

不意に声をかけられ、振り返る。

そして、エリカは目を見開いた。

「――あ、あんた」

聞き覚えのある声だったので嫌な予感がしたが、声の主《ぬし》の顔を見てエリカは心底嫌そうな顔をした。

「ふふ、いろいろお転婆《てんば》なことをしたと聞いているよ」

声の主は二十代半ばの青年だった。

ブロンドの髪を清潔に切りそろえ、白いスーツに身を包んだ美男子だった。

「――ギュンター……あんた、何しにきたのよ？」

「おや、兄に向かってその態度はよろしくないかな」

青年――ギュンターはエリカの態度を気にせず、微笑を浮かべる。

「誰があたしの兄だって言うのよ！　あんたは赤の他人じゃない！」

あからさまに嫌そうな顔をするエリカに、ギュンターは前髪をかき上げて肩を竦《すく》めた。

「つれないいね。僕は幼いころから君のことをよく知っているんだ。兄のようなものじゃないか。それに、僕は彼女と結婚するんだから、兄になることに変わりはないよ」

「――っ、あんた、まさかまだ知らないの？」

「なにをだい？」

「……ウルお姉様は亡くなったわ」

エリカは幼なじみともいえる青年に、姉の死を伝えた。

だが、ギュンターは悲しむこともなく、むしろ憤りの表情を浮かべた。

「そのことだよ」

「え？　なによ？」

「今日はそのことを確かめたくて来たんだ。僕の最愛のウルリーケが亡くなったなどという嘘を言って君たち家族に取り入った、彼女の弟子を名乗る不届き者がいるんだろう？」

「ギュンター、お姉様は本当に」

「確か、名前はサミュエルと言ったかな」

第6章

変態が現れました

姉の死を信じていないと言い張る青年を前にして、エリカは言葉に詰まる。

幼いころから兄面《あにづら》をする鬱陶《うっとう》しい人間ではあるが、心の底から嫌っているわけではない。

そんなギュンターに姉の死を受け入れてもらうにはどうするべきなのか、と内心首を傾げた。

「サムよ。サミュエル・シャイトよ。あと、サムは嘘なんかついていないわ。お姉様は本当に亡くなったのよ」

エリカだって信じたくないが、亡骸《なきがら》をこの目で見て、葬儀も行った。

今さら姉の死をなかったことになんてできるはずがない。

「そう！　そのサミュエル君だ！　ウルリーケの弟子を名乗る愚か者だ！　なぜおじ様たちは、どこの馬の骨とも知れない子供がウルの魔法名を名乗ることを許しているのかな？」

「サムは、お姉様が見つけて育てた唯一の後継者だからよ」

「ほう。意外だね。君はもっと感情的にその少年のことを否定すると思っていたよ。他ならぬ、ウルリーケの後継者を目指していた君ならね」

ギュンターの言葉に、苦い経験を思い出すようにエリカが顔を歪《ゆが》める。

青年の予想通り、エリカはサムを認めずすでに暴走済みだ。

もっとも、その結果彼と和解することができたのだが。

「否定も嫉妬《しっと》ももうとっくにしたわよ。その上で、サムをお姉様の後継者として認めたのよ」

「ほう」

「ていうか、あんたはウルお姉様の訃報《ふほう》を聞いたわりには来るのが遅かったわね。その日に飛んでくると思っていたわ」

「それは手厳しい。実を言うと、ウルリーケが亡くなったなどという妄言を聞いたときに驚きのあまり失神してしまってね、今朝目を覚ましたばかりなんだよ」

「……二週間近く気を失うとか、どれだけ脳がお姉様の死を処理できなかったのよ」

「僕も馬鹿さ。あのウルリーケが死ぬわけがない。殺す方法が見つからない。そんな彼女が亡くなったなんて、一瞬でも信じてしまったことが恥ずかしいよ」

「――ギュンター」

目の前の青年は、姉の死を受け入れたのではない。

認めなかったのだとエリカは気づいた。

それは実に悲しいことだ。

「さあ、ウルリーケに会わせてもらおう」

「だから、いないわよ！　もう葬儀も行ったんだから！」

「――ならば！　そのサミュエル君という少年に会わせてもらおう！　彼が本当にウルの

第６章

変態が現れました

後継者だと言うのなら、ウルのすべてを受け継いでいると言うのなら、僕には会う資格がある」

「なにを勝手に」

「それに興味深くもあるんだよ。シスコンだったエリカがウルリーケの後継者として認めるほどの少年か……八つ裂きにしてやろうと思っていたけど、君と会話して気が変わった。本当にウルが亡くなったと言うのなら、後継者という彼に会わせてもらおう」

「あんたみたいな危険人物をサムに会わせるわけないでしょ！　なにをするつもりよ！」

姉に執着《しゅうちゃく》しているギュンターをサムに会わせるのは危険だと思った。

姉の死を受け入れていないギュンターと、受け入れて前に進んでいるサムが会えば、なにかしらの問題が起きることは間違いないとエリカでもわかる。

「だけど、彼はきっと僕に会いたいはずだ。彼が本当にウルリーケの後継者であり弟子であるのなら。なんせ、僕はウルリーケの婚約者だからね」

×　×　×

サムは、リーゼと近接戦闘の訓練の休憩中、疲れ果てて地面に寝転がっていた。

肩で息をしながら呼吸を整えようと深呼吸を繰り返している。

傍らでは、汗ひとつかいていないリーゼが、メイドに用意してもらった紅茶を優雅に飲んでいた。

「サムもなかなか強くなったわね。剣の才能が本当にないのには驚いたけど、もし少しでもあれば剣聖様への弟子入りの推薦をしていたわ」

「……それはありがたいことです。といっても、俺は魔法使いなので、剣士になるつもりはありませんよ」

「魔法剣士ってかっこよくないかしら？」

「――かっこいいです！」

「ふふふ、サムもやっぱり男の子よね」

白状してしまえば、魔法剣士になれるのならなってみたい。

魔法剣士なんて、少年心をものすごくくすぐる肩書きだ。

とはいえ、まずは魔法だ。

ウルから受け継いだものを使いこなし、魔法だけで上り詰める。

必要以上に手を広げた結果、なにもかもが中途半端に終わってしまうのは避けたかった。

どちらにせよ、剣士の才能が皆無なので、魔法剣士にはどう足掻《あが》いてもなることはできないが。

「このまま体術を鍛えれば、魔法剣士は無理でも魔法拳士を目指せるんじゃないかしら。

第６章

変態が現れました

身体強化魔法を得意とするサムならぴったりだと思うのだけれど」

「魔法拳士……いい響きですね」

リーゼの言うように、身体強化魔法を一定以上使えるようになれば魔法拳士を目指せるだろう。

近接戦闘の技術を叩き込んでくれるリーゼのおかげで、徒手空拳《としゅくうけん》での戦いも以前より得意となった。

リーゼは、実戦だけで近接戦闘を学んだサムに基礎をとにかく叩き込んだ。

そのおかげで、ひとつひとつの行動が研《と》ぎ澄《す》まされ、鋭敏《えいびん》になったのだ。

リーゼはウルよりも師として優れていた。

基本的に身体で経験して覚えろ、のスタンスだったウルとは違い、コツコツ大事なところを教えてくれる。

最後には実戦にたどり着くところがよく似ているものの、そこへたどり着く過程が丁寧だった。

「もうしばらく訓練を続ければ、全体的にサムの実力はもっと引き上げられると思うわ。身内贔屓をするわけじゃないけど、魔法なしでも剣聖様の弟子と戦えるくらいにはなると思うわ」

「そうであれば嬉しいです」

魔法ならそれなりに使える自信がある。

ウルから受け継いだ魔法も、少しずつ自分のものにしている最中だ。

そこに近接戦闘を学び、身体強化魔法と組み合わせれば、戦闘の幅は広がるだろう。

「サムは宮廷魔法使いを目指しているのよね？」

「はい」

「……そうなると、三ヶ月後にある魔法大会で優勝するのが理想よね」

「魔法大会ですか？」

「ええ、一年に一度、国内国外から優れた魔法使いを集めて競わせるのよ。実力次第だけど、王国魔法軍へのスカウトも珍しくないわ。それ以上の力を示せば、宮廷魔法使いにだってスカウトが来るかもしれないわね」

「それはいいことを聞きました」

「もしくは、お父様をはじめそれなりに立場がある人に推薦してもらうのもいいわね。一番いいのは、同じ宮廷魔法使いの方に推薦してもらうことなのだけど」

「残念ながら宮廷魔法使いに知り合いはいません」

もし知り合いがいたら、まず戦いを挑みその席を奪おうとしただろう。

それが一番手っ取り早いと考えてしまうサムも、なかなか脳筋である。

「一応、うちと関わりがある宮廷魔法使いはいるけど、あの人をサムに紹介していいのか

第６章

変態が現れました

どうか迷うわね」

「宮廷魔法使いのお知り合いがいるのですか？」

「ええ。ただ、その人はちょっと、特殊というか、なんというか」

言葉を探すリーゼの声が止まった。

彼女は目を大きく見開き、なにかに驚いているようだった。

「リーゼ様？」

「……噂をすればなんとやらというわけね。しかし、タイミングが悪いわね」

リーゼの視線は、サムの背後に向けられていた。

何事かと思い、後ろを振り向くと、そこにはエリカがいた。

彼女だけではない、見知らぬ青年が一緒だった。

「エリカ様？」

「サム……ここにいたのね。残念だけど、お客さんよ」

「俺に、ですか？」

おそらくエリカと一緒にいる青年がサムの客なのだろう。

白いスーツに身を包んだ、品のあるブロンド髪の美青年だ。

前世ではもちろん、異世界に転生してからも見たことがないほど整った容姿《ようし》をしている。

サムは来客に失礼がないよう、立ち上がる。

「ぎ、ギュンター」

「やあ、リーゼ。君とも久しいね。つもる話はあるけど、まず僕の目的を済ませてしまいたい」

青年――ギュンターの声は甘く、その美しい容姿と相まって、まるで王子様といった雰《ふん》囲《い》気《き》だ。

同性であるサムも、つい見入ってしまうほどだった。

（まさにブロンドの王子様って感じだな。少女漫画から抜け出て来たみたいだ）

そんな美青年の視線が、サムに向く。

（――ん？）

その視線に、敵意が交ざっていたことに気づき、若干の戸惑《とまど》いを覚える。

少なくとも、初対面の人間に敵意を向けられるほどなにかをした記憶はない。

「君がサミュエル君か」

じぃ、っと見つめられ、サムはたじろいだ。

彼が何者なのか、そもそも自分に何の用なのか、わからないとリーゼとエリカに視線を向ける。

だが、ふたりはなんとも言えない表情を浮かべて、顔を横に振るだけだった。

どことなく迷惑そうな顔をしているのは、サムの気のせいではないと思う。

第6章

変態が現れました

「あの？」

サムを見つめるだけ見つめたまま動かない青年に、恐る恐るサムが声をかけた。

次の瞬間、

「――あ、ああ、そんな……」

「え？」

「ああ、そんな馬鹿な、信じられない、本当だったのか？」

「あの、どうしましたか？」

「ウルは、ウルは、うわぁあああああああああああああああああああっ！」

突然、絶叫を上げ始めた青年に、サムは目を丸くした。

ギュンターは地面に膝《ひざ》を突き、天に向かって慟哭《どうこく》し続ける。

「え？　は？　えええ？」

サムはなにが起きたのか理解できず、ただただ困惑してしまう。

「近所迷惑よ！」

涙まで流し始めた青年の背中に、苛立《いらだ》った顔をしたエリカが蹴りを入れた。

「ぐへっ」

そのまま前のめりに倒れ、動かなくなる青年。

「えっと、なに、なんなのこれ？」

第6章
変態が現れました

サムは意味がわからず動揺しっぱなしだ。

いい加減説明してほしいと、再び姉妹に視線を向ける。

「えっとね、サム、この人はね」

「ただの変態だから気にしないで」

言いづらそうにしていたリーゼの言葉を遮って、エリカが一言「変態」と言い切った。

「変態？」

「こいつはね――」

エリカがサムに説明しようとすると、音もなく青年が立ち上がった。

涙に濡れた彼の瞳《ひとみ》がサムを見つめる。

びくっ、とサムが一歩引いた。

「……ウルリーケが亡くなったとふざけた情報が届いたときには驚いたが、僕は信じたくなかった。だが、君を見て確信した。本当にウルリーケは亡くなったんだね」

「はい。残念ですが、ウルは亡くなりました」

「やはりそうか……君からウルリーケの魔力を感じる。どうやら、彼女は探していた後継者を本当に見つけたようだ」

「――っ」

サムは驚いた。

自分の魔力からウルを感じ取るなどできるはずがない。

彼女から力のすべてを受け継いだ自分ならいざ知らず、第三者が交ざり合ったふたつの魔力からひとつひとつの魔力を判断できるとは思えなかった。

しかし、ギュンターが嘘をついているようにも見えない。

彼は間違いなく、サムの中にあるウルの魔力を確認している。

「あなたは、一体？」

サムの問いかけに、青年はハンカチを取り出すと目元を拭い、口を開いた。

「失礼。まだ名乗ってもいなかったね。私は、ギュンター・イグナーツ。ウルリーケ・ウォーカーの婚約者だ」

「……う、ウルの婚約者だって⁉」

サムは耳を疑った。

いや、ウルも貴族の長女だ。

婚約者くらいいたかもしれない。

だが、その婚約者が目の前の美青年だと知ると、心に嫌な感情が生まれてしまう。

「あのね、サム。ギュンターの婚約者は自称よ」

「――へ？」

「こいつは自称婚約者なのよ」

第6章

変態が現れました

「えええっ!?」

リーゼに続き、エリカもウルの婚約者を名乗るギュンターを「自称婚約者」と言った。

だが、当のギュンターが反論する。

「違う！　僕は自称婚約者ではない！　本当の婚約者だ！」

「そう言っているのはあんただけじゃない！　お姉様だって迷惑してたわよ！」

「彼女は恥ずかしがり屋さんだったんだ！」

「ウルお姉様が恥ずかしがり屋なわけがないじゃないの」

呆れる姉妹に、「そんなことはない！」とギュンターが反論を続けた。

「ウルリーケは恥ずかしがり屋だった！　その証拠に、いつも僕が笑顔を向けると、顔を逸《そ》らしてしまうんだ」

「それって、目も合わせたくなかっただけじゃないの？」

エリカの言葉は辛辣《しんらつ》だった。

「エリカ！　未来の兄に向かって！」

「いい加減に現実を見なさいよ。未来もなにも、生きていたってあんたとなんて結婚しなかったでしょうけど、亡くなったんだから絶対に無理よ」

「あ、あの、エリカ様、もうその辺りで」

置いてきぼりだったサムも、ようやくギュンターがウルに恋をしていたことだけはわかった。

ウルの婚約者を自称し、少々言動におかしなところがあるが、ウルの妹たちに最初から可能性がなかったと否定されているのは、同じ男としてかわいそうだと思ってしまった。

「あのね、サム。ギュンターとエリカのやり取りで彼がどんな人かわかったと思うけど」

「あ、はい。ウルを好きだったたってことですよね」

「それ以上よ」

リーゼが過去を思い出すように盛大にため息をついた。

「昔からギュンターはお姉様に入れ込んでいたの。何度も告白して、その度に振られて。その繰り返し。それだけならかわいげもあったんだけど、ギュンターの言動が過激になってきてね。お姉様が出奔《しゅっぽん》する前には、ストーカーになっていたわ」

「……えぇぇぇ」

「家同士の付き合いが深いからって、平気で家に上がってくるし、ここ数年お姉様がいないことをいいことに部屋を物色したりもしていたの」

「うわぁ」

「……何度私とエリカが撃退したか。数えるのが面倒になるくらいよ」

エリカがギュンターを「変態」と言った理由がわかった。

(好きな人の部屋を物色とか、普通に引く、ていうか、犯罪じゃない？　よく旦那様もこ

第6章
変態が現れました

の人を屋敷に出入りさせるなぁ）

「リーゼ、それではサミュエル君が僕を誤解してしまう」

「え？　誤解もなにも全部事実」

「僕は、純粋にウルリーケへの愛が深いだけだ！」

「はぁ。このやりとりも何度したのかわからないの。それで、ギュンターはなにをしに来たんですか？　まさか、またお姉様の部屋を物色しようとするのならさすがに許しませんよ」

音もなく木刀を構えるリーゼに、ギュンターが両手を上げた。

「誤解しないでくれ、今日はウルリーケのことを確かめたかっただけさ」

「では、御用がお済みならお帰りください」

「いや、まだ僕の用事は終わっていない。サミュエル君にも用があるんだよ」

「サムに？」

「俺に？」

一体どんな用事があるのか、とサムがリーゼと揃って疑問を浮かべた。

「ウルリーケが弟子を取ったことが信じられなかった。僕はてっきり君がウォーカー伯爵家に取り入るための嘘をついているのだと思っていた。だから、排除も考えた。しかし、違った。君はウルリーケから本当にすべてを受け継いでいる。弟子であることを認めよう」

「別にあんたに認めてもらう必要はないけどね」

「エリカ、今はサミュエル君と話をしているんだ。口を挟まないでくれ」

「はいはい」

ギュンターがサムに近づいてくる。

「君に怒りを抱いた。次に嫉妬した。僕にはできないウルリーケのすべてを継承した君が素直に羨《うらや》ましい。そして、なによりもウルが亡くなってしまった事実が悲しくてならない。だが――」

ギュンターがサムの両肩に手を置く。

そして、その端正な顔に笑みを浮かべた。

「君がいる。ウルリーケのすべてを受け継いだ、君がここにいる」

「えっと、つまり？」

「サミュエル・シャイト君。――君を僕の妻にしてあげよう」

「ひぃっ!?」

――全身に悪寒《おかん》が走った。

「なんでそうなるのよ！　この変態！　お姉様にストーカーしていただけじゃ飽き足らず、サムを妻にするとか頭おかしいんじゃないの!?」

「言っておくけど、サムは男の子よ？」

第6章

変態が現れました

言葉を失っているサムの代わりに、エリカとリーゼがギュンターの腕を払い除け、間に割って入ってくれる。

情けないが、サムはすぐにふたりの背中に隠れた。

「ふふふ。エリカ、リーゼ、僕が彼を少女だと勘違いしているとでも思っているのかい？　もちろん少年だとわかっているよ」

「だとしたら、度《ど》し難《がた》い変態じゃない」

「正気じゃないわね。早く病院で頭を見てもらうことをお勧めするわ」

「これは手厳しい。だが、私は正気だよ。ウルが亡くなったことは、認めたくないが認めよう。だが、ウルのすべてを受け継いだ子がいる。ならば、その子が新しいウルだ！　ウルのすべてを受け継いだサミュエル君なら、僕の妻になる資格は十分ある！　さあ！　僕と結婚しよう！」

もうサムはドン引きだ。

リーゼとエリカも頬が引きつっている。

（この人、やばくね？）

ギュンターのウルに対する執着が凄《すさ》まじい。

というか、頭がおかしい。

いや、もしかしたら、彼はウルを失った悲しみを直視できず、こんな言動をしているだけなのかもしれない。

それでも正気を疑うには十分すぎる。

「えっと、あのさ」

恐る恐る、姉妹の背中から顔を出し、ギュンターに声をかけてみる。

すると、

「――ぐっ、うっ、うぅぅぅぅぅっ」

なぜか苦しげに胸を押さえて彼はその場に膝を突いてしまう。

「え？　ちょ、どうしたの？」

汗を流し、顔色の悪いギュンターをさすがにサムも心配した。

「お、おい、大丈夫か？」

「す、すまないね、持病が……薬を失礼してもいいかな？」

「あ、ああ、もちろん。どうぞ」

「ありがとう。では、失礼するよ」

ギュンターは小刻みに震える手を懐に伸ばし、赤い布切れを取り出した。

「――は？」

「ちょ！」

「……信じられないわ」

第6章

変態が現れました

サムが目を疑い、エリカが目を見開き、リーゼが呆れた。

彼の手にあるのは、間違いなく女性用のショーツだった。

「ていうかあれウルお姉様の下着じゃない!」

「呆れた。また盗んでいたのね」

「いやいや、持病で苦しんでいるのになんでウルの下着が出てくるの? それでなにするつもりなの!?」

三人の反応に気付いていないのか、ギュンターはショーツをゆっくり顔に近づける。

「すぅうううううううううううううううううううっ」

そして、ショーツを自らの鼻に押し当てて大きく深呼吸を始めた。

「はぁはぁ、ああっ、あああああっ、ウルリーケの香りがするっ! ああっ、僕を癒やしてくれるのはウルリーケ、君だけだっ! そう、あの日、子供のころ初めて出会ったときから僕は君に夢中だった。君の夫になることだけを目標とし、魔法使いとしても君の隣に立とうと自らを高め続けた。無能な兄を蹴落として公爵家《こうしやくけ》次期当主にもなった。なのに、なのになぜ、僕をおいて亡くなってしまったんだぁあああああああああああっ! すぅぅぅうううううううううううううううううううっっ!」

亡きウルを想いながら彼女の下着の匂いを嗅《か》ぐギュンターに、サムはもちろん、リーゼもエリカも思考が止まる。

サムに至っては、最愛の師匠の下着を顔に押し当て恍惚《こうこつ》としている変態に、背筋が凍る思いだ。

リーゼたちだって、姉の下着になにをしているんだと声を大にして言いたいはずだ。

「すーはーすーはーっ、くんかくんかっ、すぅううううううううううっ」

三人の視線など気にしてもいないとばかりにショーツで深呼吸を繰り返す変態の姿に、サムはすべての感情をひとつにまとめて吐露《とろ》した。

「――――きもっ！」

ドン引きするサムたちの視線など気にすることなく、ウルのショーツに鼻を押しつけ深呼吸を続けたギュンターは、気が済んだのかゆっくり顔を離した。

彼の表情は恍惚としており、端正な容姿が台なしになっている。

しかし、ギュンターはすぐに顔を元の涼しげなものに戻すと、サムに視線を向けて微笑した。

「先ほどから黙って聞いていたけど、僕のことを気持ち悪いと言ったね？」

「いや、普通に気持ち悪いだろ。ウルの下着でなにやってんだよ」

「やれやれ。僕は彼女の香りを定期的に摂取しないと体調不良になるんだよ」

「聞いたことねーよ。そんな病気！」

「愛の病さ。まったく、妻になるというのに夫の病に理解がないとは……悪い子だ」

第6章

変態が現れました

「――ひぃっ」

ねっとりとした視線を向けられ、サムが後ずさる。

ウルを失っておかしくなったのか、それとも以前からこんなだったのかわからないが、ギュンターが危険人物であることは間違いない。

(やばい……このままだと俺の尻が危ない)

相思相愛であれば同性との恋愛もいいだろう。

実際、ここスカイ王国でも同性結婚するカップルはいる。

だが、サムは同性に興味を持つことができないし、公衆の面前で下着の匂いを嗅いで恍惚とするような奴は、性別以前の問題として嫌だ。

「あ、あの、リーゼ様、エリカ様、あの人をなんとかしてくれませんか？」

「なんとかって」

「リーゼ様の得意な剣術で切り捨てるとか」

「……してあげたいけど、あんなのでもギュンターは強いのよ」

嘆息《たんそく》交じりでそんなことを言うリーゼにサムは驚いた。

単純な剣術なら相当の腕を持つリーゼが強いというギュンターの実力はどのくらいなのか、と疑問に思う。

(リーゼ様が強いと認めているのなら、あの変態でもかなりの実力者ってことなのか？

うわ、信じられない）

「単純な戦闘能力なら、今の私でも勝てるかもしれないけど、魔法を使わせたら負けてしまうわ」

「魔法使いなのは一目見たときからわかっていましたけど、それほどですか？」

「ええ。だって、ギュンターは宮廷魔法使いだもの」

「――は？」

「しかも第五席の地位にあるわ」

「はぁあああああああああああああ!?　こんな変態が宮廷魔法使いなんですか!?」

信じられない。

信じたくない。

自分の目指している宮廷魔法使いに、すでに目の前の変態が名を連ねていることに納得ができなかった。

「おっと、サミュエル君。いや、妻となる君だ。もっとフレンドリーにサムと呼ばせてもらおうかな」

「いや、呼ぶなよ！」

「僕が宮廷魔法使いで、なぜそうも驚くのかな？」

不思議そうにしているギュンターに、癪《しゃく》ではあるが打ち明けることにした。

「……俺は宮廷魔法使いを目指しているんだよ」

「ふむ。もしかすると、ウルリーケがかつて宮廷魔法使いだったことが関係しているのかな？」

「だったら、なんだって言うんだ？」

「妻の目標を応援してあげたい気持ちはもちろんあるよ。ただ、問題は君の実力――は、ウルリーケからすべてを受け継いだおかげか、それとも君にもともとかなりの素質があったのか、凄まじい魔力だ。魔法を使う才能にも恵まれているようだね」

「――っ」

ただ見ただけで、見通すようなことを言うギュンターを警戒する。

ただの変態ではない。

相手の実力を見抜く目を持っている、油断ならない相手だ。

「では、こうしよう。――僕と戦おう」

「なんだって？」

「僕に勝てとは言わないよ。君はまだ未成年で発展途上だからね。だけど、ふさわしい力を見せてくれたのなら、宮廷魔法使いになれるだけの実力を示してくれたのなら、僕が君を宮廷魔法使いの空席に推薦してあげよう」

「どうして急にそんなことをする気になったんだ？」

「この身で、ウルリーケの力を君が本当に継承したのか確認したいのさ。だけど、もし、ウルリーケから力を継承しておきながら、無様な魔法を晒《さら》すというのなら――」

「なら、どうする？」

「――君を殺す」

敵意も殺意も一切なく、ギュンターは微笑を浮かべたままそう言った。

「ギュンター！　さっきから言っていることがめちゃくちゃじゃない！」

「姉上が亡くなって悲しいからってサムに当たらないで！」

エリカとリーゼがギュンターに抗議をするも、彼は姉妹を見ないで真っ直ぐにサムだけを見続けている。

「エリカ様、リーゼ様、いいんです」

「サム!?」

「いいの？　相手は宮廷魔法使い、つまりこの国で最上位の魔法使いなのよ？」

「俺もウルの弟子としてのプライドがあります。それに」

彼女たちに庇われるのはありがたいが、目の前の変態よりも弱いと言われているようで嫌だった。

サムにとって宮廷魔法使いなど通過点に過ぎない。

第6章

変態が現れました

ウルから受け継いだ魔法で最強の魔法使いへと至るのだ。

こんなところでつまずくわけにはいかなかった。

「宮廷魔法使いがどの程度の実力かを知るいい機会です」

「……サム」

「いいのね？　ギュンターの言動に騙《だま》されたら駄目よ。やっていることは変態だけど、実力は宮廷魔法使いにふさわしいわ」

「油断はしません」

「僕の申し出も受けてくれると言うことで構わないかな？」

姉妹の背中に隠れていたサムが、ふたりより前に出てギュンターと視線を合わせて不敵に笑った。

「俺がウルの後継者として、宮廷魔法使いにふさわしい力を見せればいいんだな？」

「そうだよ」

「別にお前を倒してもいいんだよな？」

「もちろんさ。それができるのなら、僕は喜んで君を宮廷魔法使いに推薦しよう」

「言質《げんち》は取ったぞ」

思わぬ出会いだったが、サムにとって降って湧いたチャンスだった。

最強の魔法使いを目指す以上、いつかは宮廷魔法使いとぶつかることもあるだろう。

「どうせ遅かれ早かれ宮廷魔法使いをぶっ倒そうと思っていたんだ。最初のひとりにしてやるよ、戦おうぜ、ギュンター・イグナーツ！」

「いい目だ。楽しませてくれると嬉しいよ、サミュエル・シャイト」


「サム、あんな変態に負けないでよ。あんたはウルお姉様の弟子なんだからね！」

「私たちは少し離れて見守っているから。必ず勝つと信じているわ」

「エリカ様、リーゼ様、ありがとうございます。ウルに恥じないよう、勝ってみせますよ。ていうか、ウルの下着で変態行為する奴に絶対負けられません！」

エリカとリーゼは激励《げきれい》の言葉を伝えると、中庭の端に移動し、対峙《たいじ》するサムとギュンターを見守った。

「準備はいいかな？」

「いつだって構わない」

涼しげな顔をしているギュンターに対し、サムは気合十分だ。

サムにとって、王都にきてから初めての戦闘となる。

先日、ダンジョンで貴族と揉めたが、あんなのは戦闘のうちに入らない。

今回は、宮廷魔法使いが相手だ。

自分の実力を試すいい機会だった。

第6章
変態が現れました

「おっと、その前に戦う準備をしておこう」

ギュンターが指を鳴らす。

刹那、幾重もの結界が中庭や建物を覆うのがわかった。

「――結界か」

「へえ、気づいたかい？　僕は結界術師なんだよ。そして、僕の自慢の結界は、今のところウルリーケ以外に破られたことはないんだ」

「じゃあ、俺で二人目だな」

「ふふふ、勇ましいね。そうなることを期待しているよ。僕の戦い方は至ってシンプルだ。結界を張ることしかできない。戦闘ができないわけじゃないけど、僕には合っていないのさ」

「お上品なことで」

「だから、僕の結界を貫くことができれば降伏しよう。君の勝ちだ。ウルリーケから継承した力で頑張ってほしいかな」

戦闘前にもかかわらず、凪《な》いだ湖面のように穏やかなギュンターからは余裕が窺《うかが》えた。

「上から物を言いやがって、その態度がいつまで続くか見物だな」

それに対し、サムはギラギラと瞳を輝かせ獰猛《どうもう》に犬歯を剝《む》き出《だ》しにして笑う。

これから宮廷魔法使いと戦うことに、うずうずしているのだ。

「ウルリーケの弟子である君に敬意を抱き、全力で結界術を使うと誓おう。さあ、かかっておいで」

「――いくぞ」

合図はいらなかった。

ふたりが目を合わせ、小さく頷くと、サムが地面を蹴った。

魔力によって爆発的に強化した身体能力で、一気にギュンターに肉薄する。

「――うんうん、速いねっ！　でも反応できない速度じゃない。仮にできなかったとしても」

サムが渾身《こんしん》の力を込めた拳を放つ。

しかし、

「僕を守る結界が君の攻撃を阻むだろう」

ギュンターの言葉通りに、サムの一撃は轟音《ごうおん》を立てながらも硬い結界に受け止められてしまった。

「――ちっ」

「お行儀が悪い子だ。だが、速さ、一打の威力は素晴らしい」

「たった一撃止めただけでいい気にならないでほしいんだけど、なっ」

サムが魔力を高めた。

第6章

変態が現れました

「――炎よ」

轟、と炎がサムを包む。

強化された身体能力がさらに高まり、炎を帯びた。

再び地面を蹴ったサムが、ギュンターに向かい拳と蹴りを次々に放っていく。

「へえ。炎を纏《まと》った身体強化魔法か……これは見たことがないな」

結界に攻撃が阻まれるも、サムは手を緩めることはない。

一撃で駄目なら、二撃。それでも駄目なら、繰り返し攻撃すればいい。

この世に絶対はない。

たとえ強固な結界だとしても、ウルが破壊したという前例があるのなら、サムにだってできる。

「リーゼの癖《くせ》がところどころに見える。体術の師匠はリーゼかな、いや、ウルリーケが育て、リーゼが鍛え上げたみたいだね」

「うらぁああああああああああっ！」

渾身の蹴りを放ったが、またしても結界に阻まれてしまう。

この間に、ギュンターは一歩も動いていない。

もちろん結界を維持するために魔力を消費しているのでなにもしていないわけではないが、余裕があることは間違いない。

「僕自身を強固な結界が守っているのがわかるだろう？　君の攻撃は、打撃と炎の二重攻撃なんだろうが、僕にはどちらも届かないよ」

「それはどうかな？」

にやり、とサムが唇を吊り上げる。

「――なに？」

身に纏う炎をすべて振り上げた拳に集中させる。

今まで以上に、強化された拳に、高密度の炎が宿った。

これでもかと魔力を込めて炎を勢いづかせた一撃が放たれる。

「うらぁあああああああああああああああああっ！」

拳が結界に激突し爆炎《ばくえん》を上げる。

サムは止まらない。

結界を突き破らんと、さらに一歩踏み込み、魔力を高める。

「――っ、素晴らしい魔力量だ！」

熱量だけでもとんでもないものだった。

結界がなければギュンターも焼け死んでいた可能性だってある。

「だが、僕の結界を貫くほどでは――なっ⁉」

ギュンターが大きく目を見開かせ、サムが笑みを深くした。

第6章

変態が現れました

「俺の勝ちだ！」

「馬鹿な！」

ギュンター自慢の結界に亀裂《きれつ》が入っていく。

まるでガラスがひび割れていくような音を立て、彼を覆う結界が、一枚、また一枚と軋《きし》んでいく。

「――実にいい。それでこそ、ウルリーケの弟子だ。身体強化魔法と炎、一見すると単純だが、君の凄まじい魔力量があれば大きな脅威となる。なるほど」

「硬い結界だ。だが、破れないほどじゃない！　南大陸で戦ったドラゴンのほうがまだ硬い結界を展開していたぞ！」

「ふふっ、ドラゴンと比べられたら困るよ。だが、サム。僕の結界はまだ維持されている。たとえ亀裂が入ろうと、砕けてはいない」

「見りゃわかるさ」

「そして、君もまだ本気を出していない。そうだろう？」

ギュンターの問いかけに、サムは炎を消し、大きく後方に跳躍《ちょうやく》した。

「決着をつけよう。君に僕の結界を破れる可能性があることはわかった。これから僕は全力で結界を展開する。君も僕に全力を出してほしい」

「受けて立つよ。でもその前に聞いておく。中庭を覆う結界は、本当に頑丈なんだろうな？　リーゼ様たちに何かあったら困る」

「ふ、ふはははははっ、まるでウルリーケのようなことを聞く！　もう勝ったつもりかい？　君が攻撃するのは僕だろう？　よほどのことがなければ、たとえ僕の結界になにかあっても、彼女たちを守るはずだ」

サムが最初から全力を出さなかった理由は、リーゼたちを巻き込まないためだ。

ここは市街地であり、ウォーカー伯爵家の屋敷でもある。

周囲に被害を出すのはサムとしても望んでいない。

なによりも、戦いはしているが、サムにはギュンターを殺すつもりはない。

むしろ、死んでもらっては困る。

ゆえに、様子見をしていた。

「今、この場を覆う結界は、ウルリーケと本気で戦うことを想定して作った最高の結界術だ。力を受け継いだだけの君に破壊されるほど、脆《もろ》くないさ」

「――なら、試させてもらう」

サムは、静かに両手を広げ、小さな声で詠唱《えいしょう》をした。

短くも魔力を帯びた詠唱は、サムの内側にある魔力をすべて解放した。

「……美しい」

サムを包むように立ち上る、真紅《しんく》の魔力。

その魔力は、サムの黒髪でさえ赤く染め上げていく。

「死ぬ気で結界に力を込めろよ」

ウルリーケに教わり、そして受け継いだすべての魔力が今、ここに解き放たれた。

「それは、その魔力は――ウルリーケの!?」

「師匠の十八番《おはこ》だっ、食らっとけ！　――穿《うが》て、炎よ！」

高密度に凝縮《ぎょうしゅく》された炎が、サムの腕から驚きに目を見開いているギュンターに向かって放たれた。

これはウルが得意とし、多用していた名もない魔法だ。

魔力を高めた高密度の炎を、レーザーのごとく撃ち放つという凶悪な魔法だった。

単純な威力なら上位攻撃魔法と同等だ。

これで数々の危機を乗り越えてきたのだ。

竜王を名乗る千年生きた巨竜の障壁も、硬い鱗《うろこ》も。

不死の王を名乗る吸血鬼の首領の再生能力も。

大魔法使いを自称する凶悪な魔法使いの魔法も。

すべて、この魔法で破砕《はさい》し、倒してきた。

サムやウルのように強大な魔力を持つ魔法使いだけに許された――高密度魔法砲撃。

それがこの魔法の正体だった。

「うぉおおおおおおおおおおおおおおおおおおおおおおお!?」

視界が赤く覆われるほどの炎がギュンターの結界に激突する。

轟音を立ててぶつかった魔法が、音を立てて次々と彼の結界を砕いていく。

「ま、まさかこれほどとは」

驚きの目でこちらを見るギュンターにサムが言い放った。

「まだ終わりじゃないぞ」

「――まさか」

「ウルがそうだったように、俺も一度に何発も撃てるんだよ！」

サムの周囲に複数の火球が浮かぶ。

そのひとつひとつに強大な魔力と高密度の炎が凝縮されていた。

「ありえない！」

ギュンターが吠える。

「まさか君はウルリーケと同等の実力を持っているというのか!?　その年齢で、すでにウルリーケに追いついているというのか!?」

「俺がウルと同等かどうかはあんたがその身で測ればいい。いくぞ、ギュンター・イグナーツ。ここは住宅街なんだから、周りに被害が出ないようにちゃんと受け止めろよ？」

「――待」

第6章

変態が現れました

サムは返事を待たずに、更なる炎の閃光《せんこう》を放った。

その数は、十。

高密度の炎が、四方八方からギュンターを襲っていく。

「ぐっ、くぅ！　ああっ、ぐぁあああああああああああっ!?」

結界を重ねるギュンターだったが、サムの炎熱砲撃の威力のほうが上だった。

結界を次々と食い破り、ついにはギュンターを守るすべての結界を破壊し尽くした。

次の瞬間、ギュンターを中心に大爆発を起こしたのだった。


リーゼとエリカは、姉妹揃って大きく口を開けて茫然としていた。

爆発音が響き、地面が揺れた。

熱は結界のおかげで届かなかったが、二人と周囲を守っていたギュンターの結界はすべて粉々となり崩れ落ちてしまった。

「……嘘」

「信じられない。これが、サムの実力なの？」

リーゼたちは、サムが姉ウルの弟子であり、姉のすべてを継承したことを知っている。

彼が得意とする身体強化魔法や、姉から受け継いだ技術、訓練を経て戦闘技術を次々に吸収していく姿も見ている。

そして、サムが宮廷魔法使いを目指していることも、最終目的が世界最強であることも、だ。

だが、姉妹はサムのことを過小評価していた。

まだ成人していない少年ではあるが、素晴らしい才能を秘めていて将来が楽しみだ、くらいにしか思っていなかったのだ。

実際に手合わせをしているリーゼですら、サムが宮廷魔法使いになるのはもっと先のことだと考えていた。

宮廷魔法使い第五席のギュンターの自慢の結界を破壊するほどの実力をサムが持っているなど、夢にも思っていなかった。

ギュンターの結界は、政務に出かける王族を守るのに使われるほど頑丈であり、ウルを除けば破った者はいない。

すでに何度も暗殺を防いだ実績も持っている。

そんなギュンターが誇る結界が、幾重《いくえ》にも展開していたにもかかわらず、すべて破壊されたのだ。

魔法に疎《うと》いリーゼでさえ、ありえないことだとわかる。

さらに恐ろしいことに、サムにはまだ余裕があるように見えた。

「ていうか、ギュンターは無事なの？」

第６章

変態が現れました

エリカが思い出したように不安の声を上げた。

妹の声にリーゼがハッとする。

ギュンターからしかけてきた対決ではあったが、サムが彼の命を奪ってしまえば公爵家を敵に回す可能性がある。

あんな変態でも公爵家次期当主なのだ。

かわいい弟分に必要のない苦労をさせたくはなかった。

「回復魔法使いを呼んで！　国で一番の回復魔法使いを呼んでちょうだい！」

「あ、あたし、とりあえず、家にいる回復魔法使いを呼んでくるから！」

リーゼが控えていたメイドに叫び、エリカが走り出そうとする。

しかし、

「リーゼ、エリカ、君たちの気遣いに感謝するが、それには及ばないよ」

土煙の中から、落ち着きのある声が届いた。

「ギュンター？」

「心配させたようだね。しかし、僕は無事だ」

身体の至るところに裂傷を作った全裸のギュンターが姿を見せたのだ。

「――いや、なんで全裸なんだよ!?」

ギュンターが生きていることは魔力を感じ取ってわかっていた。

だが、まさか全裸で再登場するとは思ってもおらず、サムが呆れた声を出す。

「ふ、ふふふふ、素晴らしい。素晴らしい実力だよ、サム。僕が全力で張った結界を易々と破壊しただけではなく、僕を殺さないように最後に手を抜いたね。それでも、スーツに仕込んであった結界符がなければ危なかったけどね」

ギュンターは結界以外にも守りを固めていたようだ。

そのおかげで大きな怪我はない。

せいぜい裂傷と、スーツが自分の代わりに弾け飛んだくらいだ。

「あんたが変態でも、ストーカーでも、ウルの知り合いを殺したりしない」

「なるほどね。君は僕同様にウルリーケが大事なんだね」

「当たり前だ」

「……わかった。改めて、君をウルリーケの唯一の後継者として認めよう。実力も確かに見せてもらった。約束通り、宮廷魔法使いの空席に推薦もしよう」

「ついでに、俺を妻にするってアホな発言も撤回してもらうぞ」

「……しかたがないね。僕は敗者だ、勝者に従おう。君を妻にしないと誓おう」

ギュンターが約束してくれたことでサムは大いにほっとする。

(あー、よかった。これで身の危険が去った)

尻の心配をしなくてもいいことに心から安堵する。

第６章

変態が現れました

「その代わりに！」

「——うん？」

ギュンターが大きな声を上げ、嫌な予感がした。

彼の瞳はキラキラと輝き、まっすぐにサムを見つめている。

「僕が君の妻になろう！」

「…………は？」

「ふふふ、いい妻になることを約束しよう。君を支え、君に尽くそうじゃないか」

「いやいやいやいやいやいや、なんの解決にもなってないから！　俺が望んだのはそういうことじゃねーんだよ！　妻の立場が嫌だったわけじゃないから！　夫だったら納得するわけじゃないから！」

それ以前の問題として男と結婚するつもりはさらさらないのだ。

しかも、変態ストーカー男などごめんだ。

だが、ギュンターは聞いていない。

「遠慮することはないよ。わかっている。ウルリーケの代わりではなく、サムとして見てほしいのだろう？　それなら安心していいよ。このギュンター・イグナーツはサミュエル・シャイト個人を心から愛し、尽くすことを約束する！」

「どこが安心できるんだよぉおおおおおおおおおおおおお！」

サムの絶叫がウォーカー伯爵家の中庭に木霊したのだった。

勝ったはずが、負けた気分になる。

——サムは後にこのときの戦いをそう語った。

×　×　×

全裸のギュンターがサムを追いかけている光景を見つめながら、リーゼとエリカが大きく嘆息した。

まだ十四歳という年齢で宮廷魔法使い第五席のギュンターに敗北を認めさせたサムも凄いが、あれほどのサムの攻撃を受けてピンピンしているギュンターもなかなかに規格外だと姉妹は思う。

「サムに変態の影響が出ないうちにギュンターを始末しておくべきね」

「変態だ変態だとは思っていたけど、ほんとっ、救いようのない変態ね！」

自分たちよりも高みに立っているふたりに嫉妬心さえ抱くことができない。

それだけの差があるのだ。

リーゼはもともと才能があり、姉からも魔法を継承したサムが自分の技術を身につけることで、将来どれほどの人物になるのか楽しみでならなかった。

姉をも超える、いや、リーゼが尊敬する剣聖とさえ戦えば勝利できるような豪傑になるのではないかと期待してしまう。

彼の将来を考えただけで、胸の奥が熱くなるのを感じた。

エリカはウルという最愛の姉と目標を亡くしてしまったが、今日、新たに目指すべき人を見つけた。

自分よりも年下で、でもちょっと生意気なところがあり、びっくりするほど優しい少年だった。

サムを目指そう。姉のすべてを受け継ぎ、姉を愛する真っ直ぐな少年にいつか追いつきたい。

新しい目標を見つけたエリカは密かに興奮していた。

「まったく。ずいぶんと盛大に暴れたようだな」

「あら、お父様」

「パパ、見ていたの?」

姉妹に声をかけたのはふたりの父であるジョナサン・ウォーカーだった。

「あれほどの魔力の高まりを感じさせられたら、じっとしていることなどできん。それにしても、サムの実力は私が想像していた以上のようだ」

ジョナサンは「屋敷を壊されなくてよかった」と苦笑いしている。

うっすらと額に汗を浮かべているのは、言葉通りサムの実力を見誤っていたからかもしれない。

「私もです。どうやらサムのことを過小評価していたようです」

「あたしも」

姉妹の返答に父が頷く。

「ギュンターの結界を容易《たやす》く破壊できる実力を持ち、まだ力を温存しているというのなら、宮廷魔法使いにふさわしい力を持っているのだろう」

「サムのことを宮廷魔法使いの空席に推薦してくださるとのことです」

「いい考えだ。あれほどの力を持ったサムがフリーでいるのはもったいない。とはいえ、私の見る目もなかったな」

「パパ？」

「いや、宮廷魔法使いを目指していることは知っていたので、ウルのすべてを継承したのならいつかは……と、思っていた。それまで魔法軍で預かって鍛えようとはな。しかし、サムの実力はすでに私を上回っている。私も、推薦者に名を連ねよう」

姉妹同様、父もサムの力を見抜けていなかった。

ジョナサンはサムの将来に期待する。

若くして才能に満ち溢れていた娘のすべてを継承した少年が、どれほどの高みに上り詰めることができるのか楽しみでしかたがなかった。

娘の分までサムを見守ろうと、心に誓う。

「王国魔法軍第一部隊副隊長のお父様の推薦があれば、サムもきっと喜びます」

「だが、まだ足りない」

「そうでしょうか？」

「年齢で判断するのは愚行だが、サムはまだ未成年だ。未成年で宮廷魔法使いになるなど前代未聞《ぜんだいみもん》だ。無論、反対する人間は多いだろう」

「でしたらどうしましょう？」

「もうひとりくらい推薦者が欲しい」

「魔法軍の隊長様にお願いしますか？」

「いや」

ジョナサンは首を横に振る。

どうやら他に心当たりがあるらしい。

「デライト・シナトラ殿だ」

「――っ、その方はお姉様の」

「そうだ。ウルの師匠であり、宮廷魔法使いの座を追われた方だ。しかし、彼の実力は本物であり、彼の復帰を望む声は今でも多い。彼にサムを紹介しよう」

「い、いいのですか？　デライト様は」

「リーゼの心配もよくわかる。その上で、サムをデライト殿に会わせたいのだ」

リーゼは全裸のギュンターに追い回され、追いつかれ、取っ組み合いを始めたサムに視線を向ける。

父の考えていることはなんとなく想像できる。

だがそれは、サムにまたひとつ面倒ごとが舞い込むということだ。

（サムも大変ね。私が力になれることがあればいいのだけど）

リーゼは年下の少年が苦労することを知り、心配になるのだった。

エピローグ

epilogue.

Izure saikyou ni itaru tensei mahou tsukai

「ウル、久しぶり――ってほどじゃないけど、ちょっと来るのに時間が空いちゃったね、ごめん」

サムは、最愛の師匠ウルリーケ・シャイト・ウォーカーの墓前にいた。

城下町で買ってきた、ウルの髪と同じ色の花束をそっと置く。

こちらの世界では墓前で手を合わせる習慣はないが、つい元日本人らしく手を合わせてしまった。

「俺はここ王都でしばらくやっていくよ。目標も見つけたからね。そうそう、ウルのご家族ってすごくいい人ばかりだね。旦那様、奥様はもちろん、リーゼ様とエリカ様も本当にいい人だよ。アリシア様とはまだ仲良くなれていないんだけど、ときどきお話をすると優しそうな人だってわかるよ。うん、ウルの家族だなぁってみんな、本当に……」

つい涙がこみ上げてきて、慌てて袖《そで》で拭《ぬぐ》った。

情けない姿をウルに見せるのは嫌だった。

「まあ、ひとりとんでもない変態がいたけどね。ウルさ、幼なじみだからって付き合いは考えたほうがいいよ。あの変態、普通に怖いんだけど。しかも強いし。もう少しで、スキル使うところだったよ」

ウルの幼なじみであり、現役宮廷魔法使いでもあるギュンター・イグナーツを思い出して身震いする。

エピローグ

彼は単純に強かった。あの硬い結界はそう易々《やすやす》と壊すことはできない。それだけで十分脅威《きょうい》だ。そんな魔法使いが、度《ど》し難《がた》い変態なのだから恐ろしい。

あれに追いかけられていたらしいウルを思うと、違う意味で涙が出てきそうになる。

「ウル、俺は、時間をかけてでも最強の魔法使いに至ってみせるよ」

さすがあのウルリーケ・シャイト・ウォーカーの弟子だ、と誰もが口をそろえるような、魔法使いになることを改めて誓う。

魔法と、すべてを授けてくれたウルのために、なによりも自分のために、最強の座を目指すのだ。

「いつか再会したときに、よくやったって褒めてもらえるように頑張るから、見守っていてね」

サムがそう言い残して立ち上がる。

名残惜しそうにウルの墓標を見ていたが、リーゼと修行の約束があるので後ろ髪を引かれる思いで、身を翻《ひるがえ》した。

その刹那《せつな》、一陣の風が吹いた。

まるで、ウルが笑ったような、そんな気がした。

サムは、なんでもかんでもウルに結びつけてしまう自分に苦笑しながら足を進めていく。

――いずれ最強に至るために。

特別書き下ろし短編

賭け事はほどほどに

extra story

Izure saikyou ni itaru tensei mahou tsukai

「――カジノで遊びたい」

「は？」

ウルが急にそんなことを言い出したのは、出会ってから二ヶ月ほどの出来事だった。

「ほら、ここ最近、訓練しかしていないだろ？　だから、サムに息抜きでもと思ってな」

確かに、ウルの言うようにサムはこの二ヶ月間、人気《ひとけ》のない山の中で訓練の毎日だった。

ウルは子供であるサムに一切の容赦《ようしゃ》がなく、幾度《いくど》となく死を覚悟したこともあった。だが、そのおかげでサムは身体強化魔法を見事に習得していた。今では一瞬で、身体能力を爆発的に向上することができるようになった。

サムの才能もあるのだろうが、やはり教えてくれる師匠という存在は大きい。

天才魔法使いを自称するだけあってウルの繰り出す魔法の数々は、魔法に疎《うと》いサムが思わず魅入《みい》るほどだった。

ウルのような魔法使いになりたいと思い歯を食いしばって、厳しいを通り越して過酷《かこく》な訓練を耐え、単身で近くの町を襲うワイバーンを屠《ほふ》ることが可能になる程この二ヶ月で成長できた。

「金ならたくさんあるし、美味しいもの食べて、遊んで、しっかり休む。そういうメリハリは大事だぞ」

サムたちは倒したワイバーンを金に変えるため、近くの町に来ていた。町を恐怖に包ん

特別書き下ろし短編　賭け事はほどほどに

でいたワイバーンは結構な額の懸賞金だったため、一ヶ月ほど遊んで暮らせることができるくらいのお金を手に入れた。

そして、ウルの発言である。

「本音は？」

「山のサバイバル生活に飽きた！」

「だよねー」

ウルの本年にサムもあっさり同意した。

魔法の訓練と言うと聞こえが良いが、訓練以外の時間は山の中のサバイバル生活だった。食料は事前にウルのアイテムボックスに詰め込んだので問題はなかったが、自然の中の生活はとても心地がいいとは言えなかった。

モンスターによる危険ももちろんあったが、他にも夜は虫が多いし、就寝時の森の静寂は怖いし、肉体的よりも精神的に疲れていた。

「聞けばこの町にはカジノがあって、なかなか人気があるようだぞ。あとはドーナッツが美味しいらしい」

「ドーナッツ！」

「お、やっぱりそっちに反応するのか。まだまだ子供だな、サム」

「ちょ、子供扱いしないでくれないかな！」

転生後、口にしたことはもちろん、その名称さえ聞いたことのなかったドーナッツが存在することにサムは瞳《ひとみ》を輝《かがや》かす。そんなサムの頭を、笑みを浮かべてウルが撫《な》でるので、つい彼女の手を払ってしまう。

「ははは、照れるな照れるな。お姉さんが頭を撫でてくれるなんて、子供だからこその特権なんだぞ。今のうちに味わっておけ！」

「照れてないから！」

頬を膨らますサムに、ウルが笑みを深める。

「さて、サムをからかっても面白いが、楽しむのはこれからだ！　いくぞ、サム！　とりあえず、ワイバーンの懸賞金を倍にしてやろう！」

「はいはい」

賭け事が好きなのか、目を輝かせて町で一番大きな建物に走り出すウルの背中を追いかける。

(異世界の賭けって、どんなのだろう？)

ギャンブルの趣味はまったくなかったが、初めて入るカジノにちょっとだけわくわくしていた。

「……そんな、馬鹿な」

特別書き下ろし短編　賭け事はほどほどに

結論から言うと、ウルは大負けした。

「あーあ、だからやめておけって言ったのに」

異世界初のカジノは、モンスターを戦わせて勝敗を予想するものだった。

少々趣味が悪いな、と思うが、これも異世界らしい。

基本は、五種類くらいのモンスターを闘技場に放って、最後まで立っていたモンスターが勝利となる。ときには、この辺りでは珍しいモンスター同士の一騎打ちなどもあり盛り上がりを見せた。

他にも、モンスターと人間の戦いから、人間同士の戦い、飛び入り参加で剣闘士と戦い賞金を獲るというものまである。

「というか、賭け事に弱いならやらなきゃいいのに」

ウルは驚くほど運がなかった。

大穴はもちろん当たらないし、無難なところに賭けると、そういうときに限って大穴が勝利するなど、とことん相性が悪い。

対してサムは、結構勝っていた。不思議なことに、モンスターを見ていると、『なんとなく』勝利するモンスターがわかる気がするのだ。

しかし、ウルの負け分が多いため、そろそろ赤字になりそうだ。ここらで切り上げるのが無難なのだが、

「いや、次は勝てる！」

負けず嫌いなウルの根拠のない予感が発動し、賭けを続けることになった。

「俺、知らないからね」

「大丈夫だって、私を信じろ！」

「いや、信じられる要素がないんだけど！」

二ヶ月の付き合いでわかったことだが、ウルは割と子供っぽい。一度、ムキになったら面倒臭くなる。

この間も、実力差のあるウルに一撃当てることに成功したが、その後、ウルは凄く不機嫌だった。

「頼むから赤字だけはやめてよね」

「任せておけ！　私を誰だと思っている。天才魔法使い、ウルリーケ・シャイトだぞ？」

「いやいや、賭け事に魔法関係ないし」

サムのツッコミはウルに届かず、意気揚々《いきようよう》とチケットを買いに向かったウルは、

「――どうしてこうなった!?」

またしても大負けして、膝をついていた。

「……だからやめろって言ったのに」

「……勝てると思ったのだ」

特別書き下ろし短編　賭け事はほどほどに

あろうことかウルは、有り金をスってしまい無一文になってしまった。

（どうせこんなことになると思って、お金を残しておいてよかった。まあ、ウルも賭けは存分にしただろうし、ドーナッツ食べて宿でのんびりしたいなぁ）

幸い、サムの取り分は別にしてあったので、食事と宿の支払いに困ることはないだろうが、今後、このようなことが続いて散財しないようにしようと、内心決めた。

「ねえ、ウル、そろそろ――」

項垂《うなだ》れる師匠にカジノから出ようと声をかけたときだった。

「おやおや！　そこにいるのはウルリーケ殿じゃありませんか！」

見知らぬ男の声がかけられた。

「あん？」

「……誰？」

師弟揃って、声の主《ぬし》を見ると、従者を連れた身なりのいい中年男性だった。

煌《きら》びやかな洋服と、鬱陶《うっとう》しいほどじゃらじゃら身につけた、首飾りや指輪などの装飾品は、いかにもカジノで豪遊していそうな金持ち、といった感じだ。

「……お前、ダンショ・クーウェイか」

「お名前を覚えていただけて光栄です。ウルリーケ・シャイト殿」

苦々しい顔で、男の名をウルが呼んだことから、どうやらふたりは知己《ちき》であるようだとわかった。しかし、友好的なダンショに対し、ウルの反応はあまりいいものではない。

「知り合いなの？」

サムが尋ねると、ダンショが笑顔で応じた。

「ええ、以前、別のカジノでウルリーケ殿には稼がせていただきました。いやはや、こんな辺境の町で再会できるとは、嬉しいですね」

「よく言う！　なにが稼がせてもらった、だ！　毟《むし》り取《と》ったの間違いだろう！」

「賭けが弱いあなたが悪いのです。いえ、この場合責められるのは、むしろ強運すぎる私の方ですかな。ふははははははは！」

どうやら他のカジノで因縁があるようだ。

（ふたりの関係はさておき、ふはははは、とか笑う人初めて見たよ。それに、いかにもお金持ち、みたいな格好も。すげーな、異世界のカジノ！）

「ときにウルリーケ殿」

ウルの名を呼びながら、ちらり、とダンショがサムに視線を向ける。

「ずいぶんと可愛らしいお弟子さんがいるのですね」

「お前には関係ないことだ」

「そう言われてしまうとそうなのですが、ところで――先のカジノで私と賭けをして、負けた分をすべて支払ってもらっていないのですが、ここで会ったのもなにかの縁です。耳を揃《そろ》えて払ってもらいましょうか」

「な、なんのことかな」

「私に負けた金を払うのが嫌で、カジノを魔法で崩壊させたときには驚きを通り越して感心しました。ですが、払うものはちゃんと払ってもらいますよ」

「……カジノなんか来るんじゃなかった」

「……ウル。負けを踏み倒したどころか、カジノまでぶっ壊すとか、やり過ぎだろ」

破茶滅茶《はちゃめちゃ》な一面があることは知っていたが、まさかそこまでするとは、弟子として呆《あき》れてしまう。

「どうやらまた性懲《しょうこ》りもなく賭け事に手を出して負けたみたいですね。賭け事はほどほどが一番ですよ」

「もっと言ってやってください」

「ちょ、サム！　どうしてこいつの味方をするんだ！」

「いや、負けたんだから、ちゃんとお金払いなよ」

「この真面目ちゃんめ！　踏み倒せるものは踏み倒していいんだよ！」

尊敬する師匠であるが、今回ばかりはウルが悪い。

「あの、それで、ウルはいくらくらい負けたんですか？」

「そうですね、君の想像できないほどの額だと言っておきましょう」

「マジでいくら負けたんだよ、ウル！」

疑問をぶつけるサムに、ウルはそっぽを向いた。つまり、相当の額の負けがあるのだろう。

(うわー、結構な負け方したんだろうなぁ。まさか、こんなところで借金をカタにウルが連れて行かれたりしないだろうな？)

先ほどのレースで少しは買ったが、決して大きい額ではない。ワイバーンの懸賞金もないし、どうしたものか、とサムが頭を抱えると、ダンショが優しげな笑みを浮かべてサムの肩をポンと叩いた。

「そう悲観しなくてもいいのですよ。私も鬼ではありません。別に、金で返せとは言いません」

「えっと、じゃあ、なにを？」

「――君です」

「え？　俺？」

言葉の意味が分からず、首を傾げるサムに、ダンショがにちゃりと笑った。

「君を一晩お貸しくだされば、ウルリーケ殿の負けを帳消しにしましょう」

「はぁあああああああああああああああ!?」

(連れて行かれるのは俺かよぉおおおおおおおおお！　え、うそ、そういうこと？　このおっさん、男の俺にそういうことする気⁉　前世含めて未体験なのに、初めてが後ろとか超嫌なんですけどぉおおおおおおおおお！）

助けを求めるようにウルに顔を向けると、彼女は任せておけ、と頷いてくれた。

「サムを金の代わりになんてできるわけがないだろう！　どうしてもと言うなら私にしろ」

「いえ、熟女はちょっと」

「――だ、誰が熟女だ！　二十歳の美人を捕まえて熟女とはどういう暴言だ！　ぶっ飛ばすぞ！」

「私は汚れを知らない少年が好きなのです。よくよく見れば、珍しい黒髪の少年ではないですか。闇のように艶《つや》やかで、また顔も少女のようだ……実に、かわいらしい」

「ぴぃっ」

ダンショの舐めるような視線に、サムは怯えて泣きそうになった。

（やばい、この人やばい！　転生してから最大の危機なんですけどぉおおおおおお⁉）

このままでは大切なものをいろいろ失ってしまう可能性がある。最悪の事態を考え、逃げるべきかと真剣に検討する。

「お前のような変態に私のサムはやらん。金なら、そこらでワイバーンを狩ってくるから待っていろ」

「ふむ。ウルリーケ殿の力は存じていますので、疑いませんが、また逃げられたら困ります。なので、こうしましょう――賭けです」

「賭け、だと?」

ウルの眉《まゆ》がぴくり、と動く。

「実は、私の調教したモンスターがあとで試合に出るのですが、どうでしょう、戦ってみてはいかがですか?」

「なるほど、そうきたか」

「観客は、モンスターと人間の戦いに興奮するでしょう。もちろん、賭け金も今までの試合の非ではないでしょうな」

にやり、といやらしい笑みを浮かべるダンショに、サムはこの男が元からそのつもりで声を掛けてきたのではないかと勘ぐりたくなった。

「私が勝てば?」

「もちろん、以前のことはチャラにしましょう。それだけではリスクに見合わないので、それなりのお金をお渡ししますよ」

「で、私が負けたら」

「お金は回収させていただきますし、サムくんを一晩お借りしましょう」

「結局、俺のピンチは変わらないんだ!?」

恐ろしいことに、サムにメリットがまるでない。

そもそも、ウルとダンショのいざこざであり、いくら弟子でもサムは無関係なのだ。

「いいだろう、その条件で飲もう」

「ウル!?」

「さすがウルリーケ殿、お話が早いですな！」

「だが、条件をひとつつけさせてもらおう」

「聞きましょう」

「試合に出るのは――サムだ」

「ちょ、ま」

ウルがあっさりダンショの申し出に応じてしまったのに驚きだが、それ以上に、掛け試合に自分が出ることに驚きを禁じ得ない。

「サムくんが、ですか？　言っておきますが、私が調教したモンスターはワイバーン程度ではありませんよ。ゴーレムの上位種である、アイアンロックゴーレムです。正直、幼気《いたいけ》な少年が無残に殺される姿は見たくないのですが」

普段のサムであれば、まだ見ぬゴーレムに心躍らせていただろうが、今回はそんな気分になれない。

ゴーレムは敵として非常に厄介だ。動きこそ鈍いが、とにかく頑丈《がんじょう》だ。その防御力は、硬い鱗《うろこ》を持つワイバーンの比ではない。そして攻撃力も高い。なんせ全身岩なのだ。攻守共に厄介《やっかい》極まりないモンスターであること間違いない。

「サムを舐《な》めないことだ。まだ子供だが、強いぞ」

「……いいでしょう。サムくんの実力を見せてもらいましょう。なに、殺さないように途中で止めてあげますよ。私が楽しめないと困りますからね。ふははははは！　サムくん、今夜は素敵な夜にしてあげますからね！」

高笑いをしながら去っていくダンショを見送ると、サムがウルに声を荒らげた。

「ちょっと！　ウル！　ど・う・し・て、俺がウルとあの変態のいざこざに巻き込まれてかけ試合をしなきゃいけないんだよ！」

「やれやれ。お前はすぐ怒ってばかりだな。いろいろ考えはあるんだが、とりあえず自分の尻くらい自分で守れ」

「俺の尻がピンチになったのはお前のせだぁあああああああああああああああ！」

×　×　×

「……どうして俺がこんなことに」

とある町のカジノの闘技場で、サムはがっくり肩を落としていた。

特別書き下ろし短編　賭け事はほどほどに

前世でも思い出したくもない辛いことはあったし、転生した男爵家《だんしゃくけ》はお世辞にもまともな家だとは言えなかった。しかし、貞操《ていそう》の危険はなかっただけマシだったのかもしれない。

嘆息《たんそく》するサムの眼前には、すでに闘技場にアイアンロックゴーレムが何重もの魔法の鎖《くさり》に繋がれた状態で唸《うな》りを上げている。

魔法使いと思われる人間が、十人がかりで拘束《こうそく》するのがやっとのようだ。

今にも、鎖を引きちぎって暴れ出しそうなアイアンロックゴーレムに、観客たちは大盛り上がりだ。

中には、聞くに耐えない暴言を吐いている人間もいる。どうやらサムが無残に殺される方に賭けているらしい。

「だんだん腹が立ってきたぞ」

ふつふつと怒りが湧いてくる。

アイアンロックゴーレムの雄叫びも、観客の声も、すべて苛立《いらだ》ちに変わっていく。

サムは感情に任せて拳を固く握りしめていたが、大きく息を吐き、指を解いていく。

同時に、身体の内側から湧き上がる魔力を、すべて右腕に集中させていった。

神経が研《と》ぎ澄《す》まされ、サムの世界から雑音が消えた。

暴れ出す寸前のアイアンロックゴーレムをまっすぐ見つめる。

「――始め！」

審判らしき男が、試合の開始を宣言すると、鎖からアイアンロックゴーレムが解き放たれた。

野性味は残っていても、調教済みとあって、誰が敵だと理解しているようだ。

サムもまた眼前に迫りくるモンスターを明確な敵だと認識している。

「サム！　やっちまえ！」

雑音を消したつもりが、ウルの声だけははっきりと聞こえた。

刹那《せつな》、ぷつん、とサムの中で何かが切れた。

「――ウルの馬鹿野郎ぉおおおおおおおおおおおおおおおおお！」

手に大量の賭け札を持った尊敬する師匠に怒声を発しながら、サムは魔力が限界まで込められた右腕を掲げ、勢いよく振り下ろした。

――次の瞬間。

迫りくる全身凶器のアイアンロックゴーレムが真っ二つとなり、そのまま左右に倒れ、轟音《ごうおん》を発した。

あれだけ喧《やかま》しかった会場が、水を打ったように静まり返る。

痛いほどの静寂が続くも、次の瞬間、大波のように歓声と罵声が解き放たれた。

こうして、サムはたった一撃で、見事純潔を守りきったのだった。

特別書き下ろし短編　賭け事はほどほどに

×　×　×

「見事だ、サム。いきなりスキルを使ったのは驚いたが、そうだ、それでいいんだ。お前は強い。いずれ、私よりも強くなる」

アイアンロックゴーレムを一刀両断した愛弟子に、ウルは満面の表情を浮かべていた。

ウルは、サムがたかがゴーレム程度に敗北するなど、微塵《みじん》も思っていなかった。むしろ、ゴーレムでは役不足だと考えていた。

つい先日倒したワイバーンよりもアイアンロックゴーレムが強いのはわかる。だが、サムの強さはそれ以上だ。

たった二ヶ月とはいえ、サムの成長を身近で見てきたウルだからこそ、なんの不安もなく試合に送り出すことができた。

「お前は、この二ヶ月の間、身体強化魔法だけを訓練したが、身体強化は魔法戦闘の基礎だ。基礎が引き上げられれば、必然と魔法そのものの質は高くなる。さらに、お前は魔法の出力を増やすことにも成功しているんだ。つまり、魔力を消費して強力な斬撃を繰り出すそのスキルも、自然と強化されたんだ」

サムは幼くして、一流の魔法使いや剣士でも数人がかりで苦戦するワイバーンを、スキルも使わず強化した肉体だけで倒してみせた。本人は気付いていないが、本格的に魔法を学び出した少年のできることではない。

そして、今もたった一撃でアイアンロックゴーレムを両断してみせた。これはウルも真似できない。ウルなら、効果力の魔法で相手が灰になるまで焼《や》き尽《つ》くすが、サムのように一瞬で決着をつけることは難しいだろう。

「スキルの斬撃じゃ味気ない。そうだな、この一撃の名は――――――にしよう」

きっとサムも気に入ってくれる。そう確信したら、次にすべきことはひとつだ。

「サムに賭けた分を換金だぁあああああああああああああああ！」

まるで弟子の成長よりも、賭けの勝利の方を喜んでいるように見える。

ホクホク顔で換金に向かおうとするウルに近づく人影があった。

「素晴らしい！　素晴らしい試合でしたな、ウルリーケ殿！」

試合に負けたはずの、ダンジョ・クーウェイがにこにこと満面の笑みで拍手をしながら近づいてくる。

ウルは、この男がなにか企んでいるのではないかと警戒した。

「賭けに負けたのにご機嫌だな？」

「ふはははははは！　サムくんのような将来有望な魔法使いに出会えたことを感謝しています！　自慢のアイアンロックゴーレムをああも見事に両断されてしまったら、悔しいと

特別書き下ろし短編　賭け事はほどほどに

さえ思えません。ええ、唯一残念なのが、彼と一夜を共にできなかったことでしょう」

「……この変態野郎が。さっさと約束の金を払え」

「もちろんです。ですが、どうか、お金は賭け事ではなく、将来有望なサムくんのために使ってあげてください」

「そのつもりだ」

「ならば結構」

ダンショが背後に控える護衛と思われる男に目配せすると、男は金の入った袋をウルに手渡した。

「確かにお渡ししましたぞ。しかし」

「ん？」

「あれをそのままにしてよろしいのですか？」

「え？」

ダンショが闘技場を指差すと、サムの放った魔力の斬撃が、アイアンロックゴーレムはもちろん、その背後の壁まで綺麗に両断していたのが確認できた。

「――あ」

しかも、壁に一直線に入った切れ目から、音を立てて亀裂《きれつ》が走っている。

これはまずい、とウルは冷や汗を流す。

「素晴らしい威力だ、と感心したいのですが、おそらくこの建物は倒壊するでしょうな。では、私はこれで！　生きていたら、またどこかでお会いしましょう！」

ダンショはそう言うと、護衛を連れてさっさと逃げ出してしまう。

「サム！　逃げるぞぉおおおおおおおおおおおおおおおお！」

未だ闘技場にいるサムに向かって、ウルが叫んだ、次の瞬間——音を立ててカジノが崩れ始めた。

「まだ換金してないんだぞぉおおおおおおおおおお！」

ウルは絶叫しながら、闘技場に飛び降りサムを抱えると、弟子の斬り裂いた壁に向かって跳躍し、無事外に脱出することに成功する。

「え？　ウル？　なんで？」

「もう少し手加減を覚えさせないとこれから気を使って戦わなければならないなぁ。まあ、いいさ。とりあえず、よくやった。ドーナッツを奢《おご》ってやろう」

「いやいや、俺の貞操を賭けやがって！　ドーナッツじゃ割にあわないでしょ！」

「ははは、細かいことを気にするな！」

「細かくねぇ！」

そうこう笑っている間に、カジノが本格的に崩れ始めた。

「……あれ？　もしかして、俺のせいだったりする？」

「間違いなくお前の一撃のせいだ」

「うわぁ。これ、ドーナッツ食べている場合じゃないよね」

やっちまった、と顔を引きつらせるサムを抱えたまま、ウルは宙を飛んで町の外へ向かう。

「――とりあえず、逃げるぞ」

「うん。逃げよう！」

師弟は顔を見合わせると、血相を変えて町から逃げ出したのだった。


この日、とある町で、ひとつのカジノが建物ごと無くなった。

幸い、怪我人は出なかったが、カジノのオーナーは怒り狂い、黒髪の少年と、赤毛の女に、高額の懸賞金を掛けて血眼になって探すことになる。

しかし、カジノを破壊したふたりはとっくに町の外で、山を経由して、別の町に逃げてしまった後だったため、見つからなかった。

――無事に居ってから逃げ切ったサムとウルは、別の街でタチの悪いゴロツキと一悶着起こして、町の一部を破壊してしまう事件が起きるのだが、それはまた別のお話。

ウルとサムの、楽しい珍道中はこれからも続くのだった。

あとがき

初めまして、飯田栄静《いいだえいせい》と申します。

この度は、『いずれ最強《さいきょう》に至《いた》る転生《てんせい》魔法使《まほうつか》い』を手に取ってくださりどうもありがとうございました。

本作は、異世界に転生しながら剣の才能がなく不遇な扱いを受けたサムが、家を出て魔法の師匠となるウルと出会うところから物語が始まります。

そして、出会いもあれば別れもあり、様々な経験をしていくお話です。

あと、変態も登場します。

詳細は、ぜひ本編をお読みいただければ幸いです。

昨年から続く流行病《はやりやまい》が猛威《もうい》を振るい、明るいニュースが少ない世の中ですが、そんな日々のちょっとした癒しに本作がなってくれるといいな、と思っています。

以下、謝辞《しゃじ》です。

担当してくださったI様、本作を完成させるにあたり多くの勉強をさせていただきました。どうもありがとうございます。

イラストレーターの冬《ふゆ》ゆき様、素敵なイラストどうもありがとうございました。イメージ通りにキャラクターを描いてくださったことに感謝しかございません。

そして、編集部をはじめ、出版に関わってくださった皆様もどうもありがとうございました。

なによりも——本作を手にとってくださった読者様に心から御礼申し上げます。

本作はＷＥＢ小説のため、応援してくださる読者様がいてこそ成り立っております。

読者様のおかげで、今ここに飯田栄静がいます。

皆様に喜んでいただけるよう、楽しんでいただけるよう、これからも頑張っていきたいと思います。

今後とも何卒よろしくお願い致します。

——そして、愛する皆様とまたお会いできることを祈っております。


最後に、『コミカライズ』進行中です！

飯田栄静

いずれ最強《さいきょう》に至《いた》る転生《てんせい》魔法《まほう》使《つか》い

2021年12月25日　初版発行

著　者　飯田栄静《いいだえいせい》
イラスト　冬ゆき
発行者　青柳昌行
発　行　株式会社KADOKAWA
〒102-8177 東京都千代田区富士見2-13-3
電話 0570-002-301（ナビダイヤル）

編集企画　ファミ通文庫編集部

デザイン　百足屋ユウコ＋豊田知嘉（ムシカゴグラフィクス）
写植・製版　株式会社スタジオ205
印刷・製本　凸版印刷株式会社

[お問い合わせ]
[WEB] https://www.kadokawa.co.jp/（「お問い合わせ」へお進みください）
※内容によっては、お答えできない場合があります。
※サポートは日本国内のみとさせていただきます。
※Japanese text only

 ISBN978-4-04-736857-6 C0093　　定価はカバーに表示してあります。

アニメ化決定
かつて自らが成したこと、
そして仲間たちの
軌跡を辿る旅の果てに
あるものは――。

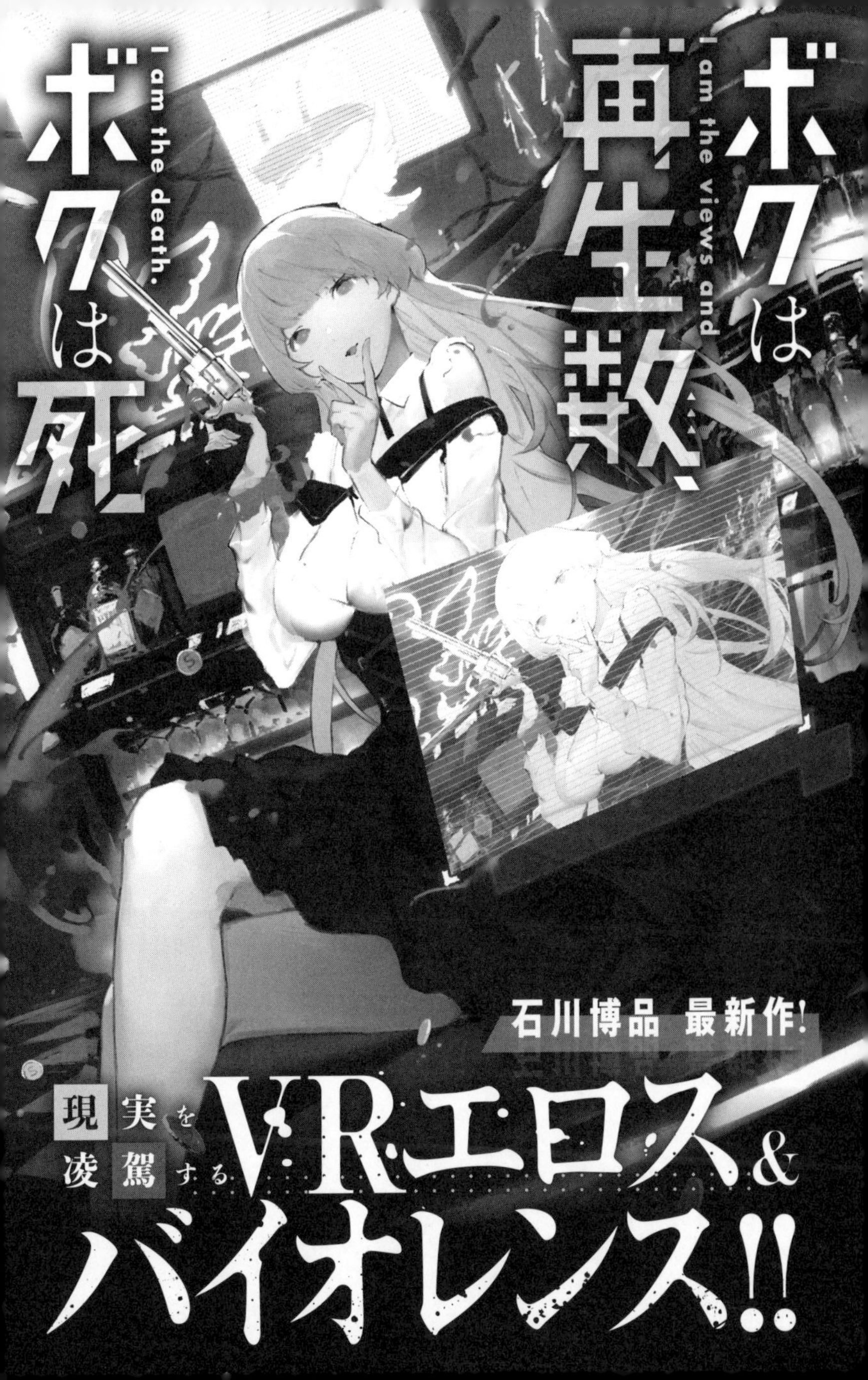

ボクは再生数、
I am the views and
ボクは死。
I am the death.
石川博品 最新作!
現実を凌駕するVRエロス&バイオレンス!!

都会と田舎！
理想の異世界生活！！
STORY
社畜である二重暮人はある日、
神的な存在によって異世界に転移させられてしまう。
いきなり異世界に放り出された暮人であったが、
授けられた空間魔法——転移を使った商売で
すぐに生活を安定させることに成功。
しかし、前世と変わらない仕事ばかりの
日常に徐々に不満を募らせていく。
そんな時、暮人が思いついたのは転移魔法を使った二拠点生活！
のんびりしたい時は田舎で釣りをしたり農業をしたりの自給自足。
飽きれば王都で仕事をしたり、友人と名店を巡ったり。
暮人の充実した二拠点生活の行く末は——？

異世界ではじめる二拠点生活
「空間魔法で王都と田舎をいったりきたり」
著：錬金王
イラスト：あんべよしろう
B6判単行本
KADOKAWA/エンタープレイン 刊
KADOKAWA
enterbrain

家つくりスキルで異世界を生き延びろ
Ietsukuri skill de isekai wo ikinobiro
日向ののか
【原作】小鳥屋エム
【キャラクター原案】文倉 十
幼い少女が
安住の地を求めて
奮闘する、
異世界DIY
ストーリー開幕！
「スキル」がすべての世界に生まれ変わった少女「クリス」。しかし、転生先は貧しい辺境の村なうえ、与えられたスキルは「家つくり」という謎のスキルただ1つ⁉　ハードモードで安住の地を探す異世界奮闘記開幕! 安心して定住できる街に自分の家を持つという夢をかなえるため、都市を目指して冒険者になり辺境から2年も旅を続けたクリス。……そこで待っていたのはさらに過酷な現実だった⁉
コミックス
第2巻
好評発売中
!!!!!!!!!!
電撃コミック
レグルスにて
大好評連載中！

魔法使いで引きこもり？
He is wizard, but social withdrawal?
Author 小鳥屋エム
Illust 戸部淑
重版、続々!!!
チート能力《スキル》を持て余した
少年とモフモフの
異世界のんびり
スローライフ！
女神により転生することになったお爺ちゃん。
望んだのは「健康な体」だけだったのに、
チート能力までも与えられてしまう！
転生後にその力を持て余していた少年は、
女神の「冒険者になって人生を楽しみなさい」
という助言により、冒険者として王都へ赴く。
様々な人々との出会いを通して、
彼の世界は広がっていく――。
好評発売中!!!
enterbrain

針子の乙女
HARIKO NO OTOME
針と蜘蛛と精霊で織りなす
幻想的な異世界裁縫
ファンタジー。
［はりこのおとめ］
Zeroki Presents
Illustrated by Miho Takeoka
著＝ゼロキ
Illustration 竹岡美穂
コミカライズ
ヤングエースUPで
絶賛連載中
①～②巻
絶賛発売中！
B6判単行本
KADOKAWA／エンターブレイン刊
KADOKAWA
enterbrain